U0755141

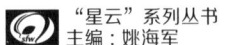
"星云"系列丛书
主编：姚海军

星云 XI
NEBULA
见字如面

王元　氕五　辛维木　鲁般著

四川科学技术出版社

图书在版编目（CIP）数据

星云Ⅺ：见字如面 / 王元 等 著 . -- 成都 : 四川科学技术出版社 , 2021.7
（"星云"系列丛书 / 姚海军 主编）
ISBN 978-7-5727-0186-3

Ⅰ . ①星… Ⅱ . ①王… Ⅲ . ①幻想小说—小说集—中国—当代 Ⅳ . ① I247.5
中国版本图书馆 CIP 数据核字（2021）第 142594 号

"星云"系列丛书

星云Ⅺ：见字如面

出 品 人	程佳月
丛书主编	姚海军
著 者	王 元 氦 五 辛维木 鲁 般
责任编辑	宋 齐 姚海军
特邀编辑	汪 旭
封面绘画	戴金旺
插图绘画	郭 旭
封面设计	杨 岚
版面设计	杨 岚
责任出版	欧晓春
出版发行	四川科学技术出版社
	四川省成都市槐树街 2 号 出版大厦　邮政编码：610031
成品尺寸	160mm × 228mm
印 张	12.25
字 数	176 千
插 页	2
印 刷	成都市金雅迪彩色印刷有限公司
版 次	2021 年 8 月成都第一版
印 次	2021 年 8 月成都第一次印刷
定 价	42.00 元

ISBN 978-7-5727-0186-3

■ 版权所有　侵权必究 ■

■本书如有缺页、破损、装订错误，请寄回印刷厂调换。

厂址：成都市龙泉驿区航天南路 18 号　邮编：610100

目录

见字如面

王 元

　　有时候想起来，就像一场梦。我们是两个迥异个体，怎么会粘贴到一起？过去像是一场电影，而我不是演员，只是置身事外的观众。

| 王 元

新锐科幻作家。曾获"光年奖"、"蝌蚪五线谱"科普写作比赛奖、"晨星·晋康"科幻文学奖。在《文艺风赏》《超好看》以及 *CLARKESWORLD* 等杂志上发表原创科幻小说与翻译作品数十篇。代表作《绘星者》《人性回廊》等。

坐在烛台上

我是一只花圈

想着另一只花圈

不知道何时献上

不知道怎样安放①

——海子《爱情诗集》

∞

史婧：

　　见字如面。

　　好久不给你写信，你在那边一切都好吧？

　　我都好，猫也很好，不用挂念……

---

① 文中诗歌均摘自海子《给你（组诗）》第三首。

2

他们劝我节哀顺变。

还好吧，我并没有歇斯底里，没有哭天抢地和捶胸顿足，我很平静。

人固有一死。她去了天堂。不必拿这些敷衍的安慰话搪塞我。很难说清楚这种感受，更多的是空白，提笔忘言——我曾无数次面对一张白纸，静默整夜；碎裂的想法在空中飘浮，思绪像含羞草的叶瓣，碰触只会制造闪躲和闭合，不如远观。

此刻，我坐在灵船上，端详水晶棺中的妻，她神情安详，睡着一般。过去我夜半惊醒，看到床头灯洒下的橘黄色之中就是这样一张不动声色的脸。她穿着白色长裙，双手叠放在腹部，掌心压着一本诗集，我的诗集。她的父母和亲朋环绕在棺椁周围。仿生白鹤不时传来阵阵清唳，为轻缓的背景乐和声。我擅自做主，把哀乐替换成一首古老的流行歌曲《稻草人》，这是我跟妻甜蜜爱情的见证。

透过舷窗眺望，飘浮在空中的墨城A–3区灵堂已显露轮廓。那将是她的归宿。

灵堂风格复古，跟灵船一脉相承。灵船外形复刻自一艘明朝官船，顶层覆盖琉璃瓦，两侧各有一双竹竿与帆布制成的机翼，当然，只是用来调节方向，真正的动力装置埋藏在船底控制室。这是一艘名副其实的飞船，飞在空中的船。至于灵堂，更像一座中式堡垒，一圈圈的房屋叠凑，凸出的屋檐由斗拱支撑，雕梁画栋，器宇轩昂；四周各有一座玲珑宝塔，寄存骨灰盒。乍一看，不像灵堂，倒像天宫。

如今，死去的人都到了天上，这再也不是一种单纯的修辞。

我其实挺排斥这种场面，不管是婚礼还是葬礼，在我看来，都有些形式大于内容，那些被传统观念辐射的参与者大多抱着应付差事的心态，婚礼和葬礼只对一两个人的生活产生实质性影响。我真想把他们赶下灵船，一脚一个踢到空中，包括她的父母，我不愿和任何人分享她的最后一程。大部分来宾甚至不如司仪投入——他一袭牧师黑袍，与中式丧葬氛围格格不入。或许他真的是位牧师，主持完葬礼就要去教堂聆听告解。我不信这套，不管祈祷还是超度，都不能让妻回生。死亡不是为逝去的人准备，而是为活着的人张罗。

灵船泊入港口，白鹤悬停半空，铺出一条肃穆甬路。送葬者跟随司仪上岸，步入告别大厅。工作人员把水晶棺推到厅前，在周围布满绢花，妻的全息影像从棺中浮出，宛如魂灵出窍。她平时不苟言笑，我翻遍云端，才拾得几帧欢乐的动图。她笑得真美，我的心都要化了。我们被要求围绕遗体逆时针转三圈，之后垂首聆听司仪的葬词。

"今天，我们怀着无比悲痛的心情告别史婧女士，她是孝顺的女儿，是贤惠的妻子……"

瞻仰遗容，最后一次看她，我咬紫了嘴唇。

送别时刻到了。

我常常用两行俳句自勉：随时准备面对死亡，只要活着就感谢上苍。我现在仍然要感谢上苍，死的人是她，若不然，她该有多恨活着。唉，我有些想当然，如果躺在水晶棺里面的是我，她也会顺着过去的轨迹一如既往地向前滑行吧。

水晶棺落入熔炉，换回一抔温热的骨灰。灵船压抑的氛围终于被引爆，人群像一朵窝藏惊雷的乌云，响起此起彼伏的哭声。岳母泪如雨下，悲痛欲绝。岳丈假装沉着，悄悄用手背擦拭眼角。我没有任何反应，那一瞬间，我是死的。酩酊之人一定有过以下体验：从饭店出门，坐车，呕吐，脱衣，上床，自己对这一系列行为都有印象，一觉醒来却无法回溯醉酒经过，一切仿佛一场失重的梦。我当时就是烂醉如泥的酒鬼，身边正在发生的一切都与我有朦胧的距离，我身处葬礼的中心，却毫无参与感。灵船起飞，白鹤送行，大厅送别，火化成灰，灵堂安息，整个葬礼忽远忽近，我都不知怎么回到家中的。

回到家中，客厅电视墙糊着一张白纸，上面用楷书写着一个"奠"字。不知怎的，看着那一笔一画，一撇一捺，墨色在宣纸上洇开的毛刺，我突然泣不成声。

我以为我很平静，我以为我不难过。

我以为。

3

我其实挺排斥这种场面，诗人都是孤独分子，但黑纸白字写进合同，乙方有义务配合甲方宣传。我坐在椅子上，像待价而沽的商品。其中一个环节，读者朗诵诗歌。他们手捧散发新鲜油墨味道的诗集，挑选心仪的几行，或情绪饱满，或冷静平淡。作为诗集的创作者，我也被邀请到舞台中央。我有些胆怯，他们的目光鼓励我，别不好意思。我深吸一口气，微微闭上眼睛，只能感受到模糊的光，无法视物。光晕之中，我仿佛看见史婧，她像往常一样慵懒地窝在沙发上，手握一支铅笔，在纸上沙沙地计算，或者补数独游戏的空。猫在沙发靠背上轻巧地踱步，走到尽头，拱起脊背，笼出一个巨大而无声的哈欠。

我曾和你在一起
在黄昏中坐过
在黄色麦田的黄昏
在春天的黄昏
我该对你说些什么

我声如蚊蚋，小心翼翼，如初次行窃的小偷。这是我为史婧写的第一首诗，记录我们初次相遇的傍晚。她瞥了一眼就扔在茶几上，继续在数字的海洋里徜徉。我承认自作多情，从这首诗开头，牵出整本诗集。我跟编辑沟通，于扉页印刷"送给我的妻"。出版之后,我把第一时间收到的样书手写 To 签送她。她只是礼貌地说了一声"谢谢",就把书塞进书架,和一堆与数学以及数学人物相关的读物混在一起。我想她从未翻过,我把那本书与她的遗体一起火化只是出于个人情感需求。我知道,她不会共鸣,以前不会,没有以后。

签售简单一点,这年头看实体书的人不多,诗歌爱好者更是凤毛麟角,排队的读者很快散去。诗集能够再版已是奇迹,我不期待奇迹中的奇迹。

发布会结束,我如释重负。

我在书店随便转转,凭借书封和书名遴选入眼的新书,以貌取人。

"你好。"一个留着络腮胡的男人走到我面前,递过一本诗集,我的诗集,"你是罗凯?"

"你好。"我接过诗集,从口袋里掏出钢笔,随手一甩,拧掉笔帽,签下名字,"需要再写点别的吗?或者致谁?"

"我能跟你谈谈吗?"

"写这句?"

"我是警察。"

书店就有咖啡厅,据说饮品营业额远远高于图书销售。我们挑了一个角落坐定,两杯热气腾腾的拿铁将我们隔开。我轻轻地吹散杯口氤氲的水汽,等他开口。他并不着急,气定神闲地翻着诗集,不时发出一些短促的点评,比如"写得不错",比如"看不明白"。没一会儿,一个大学生模样的男生抱着一摞漫画在他旁边坐下。他戴棒球帽,穿格子衫、牛仔裤和帆布鞋。一摞书堆在桌上,顶住他的下巴,从我的角度看过去,他的脑袋仿佛刚从书中出土。他们简单地打了一个招呼,我听见男人抱怨"多大了还看漫画",男生没有反驳,只是附赠一个白眼,抽出一本漫画,一头扎进去。

"这是我的同事,隶属网络安全部,来协助办案。"男人合上书说道。我几乎误会他们是父子。他端起咖啡，随意地啜饮一口，"你听说过'质数的孤独'吗？"

"嗯。"这是史婧最喜欢的一部电影。我们在一起这些年，我每季度都要陪她重温一遍。她常常说，我们两个人就是两个质数。在我们各自的生命中，她的1是数学，我的1是诗歌，剩下的就是我们自己，不能再被其他事物整除；所以我们没要孩子，担心他（她）会成为搅乱我们世界的公约数。她是我的保护色，我是她的皮肤衣。我们只是需要婚姻的框架来规避他人多余的热心和过分的关怀；我们只是生活在同一片屋檐下，相安无事的两个房客。

"简单说吧，我们收到情报称，他们要搞一个大动作。"

"等等，电影里没有类似的剧情吧？"

"电影？"他疑惑地看我一眼，"我说的是恐怖组织。"

"那没听说过。"

"不会吧？你老婆可是这个组织的核心成员。"很久没人在我面前提起史婧，我有些恍惚，好像她还活着，只是出了趟远门。只要我在门口坚持眺望，就能等到她由远及近的影子，影子会从地上袅袅升起，化为人形，对我张开双臂，开口说话……见我没反应，他继续说道："这个恐怖组织，没有一枪一炮，没有非法集会，但是他们造成的恐慌和破坏，是其他恐怖组织相加也无法比拟的。"

"你一定搞错了。"我摇摇头，"我妻子已经去世一年了。"

"时间刚刚好，他们的计划正是一年前启动的，马上就要收网了。"

"但这跟她有什么关系？"一个因意外去世的人，能对这个世界造成什么恐慌和破坏？

"这可说不准。"他有些含糊其词，"你最近有没有遇见什么怪事？打个比方啊，不一定准确，就是，怎么说呢，灵异事件——"看漫画的少年此时抬头，颇为不屑（抑或不满）地望向男子，后者劝他，"你先别插嘴，回头有你发挥的机会。"少年叹一口气，缩回书中。

我呼吸急促，眼睛死死地盯着他，害怕错过从他嘴里溜出的每一个字，虽然他支吾了一堆毫无实义的虚词。这种感觉就像溺水之人从水底向上看,白蒙蒙的光亮中伸出一只手;抓住那只手,不顾一切!

"这么说吧,你有没有见过鬼?"他兜了一圈,抛出这个让我哭笑不得的问题。

"我是无神论者。"我相信万物有灵,但我仍然是一个无神论者。所谓"灵"只是诗意的寄托,比如一朵花含羞,一株草叹气,一朵云飘过诉说一场雨,一只蚂蚁在我掌心纹路走迷宫……一个字追逐一个字,疏离另一个字,结行成章,就有了灵魂。我不相信人死后的灵魂,虽然我不止一次做过类似假设,在史婧去世第七天夜里点一根白蜡,彻夜不眠。我什么都没有等到,什么都没有看见,只有入室的风伙同烛火摇曳我的孤独。看啊,它们说,一个伤心者。什么叫形单影只,这就是形单影只。我在稿纸铺张一万个字的忧愁,也没这个成语戳心。

"我也是。我们谈论的是科学,不是迷信。如果你遇见任何离奇事件,打给我。"他掏出手机,拇指按住屏幕向上一滑,发射一张虚拟卡片,我捏住,塞进手机。高赛,墨城市第二刑侦大队副队长。照片比他本人更加沧桑,显然没有使用美颜插件。

"高赛?"

"对,他叫小杰。"高赛指了指少年,少年向我颔首示意。

"她还活着?"

"我可没这么说。"高赛说,"不过,的确有人在玩濒死游戏时看见她。你听说过那种游戏吗?真他妈变态,用绳索勒紧自己的脖子,就跟寻求刺激的性瘾者似的,体验窒息的快感。这年头什么人都有,不是吗?你还写诗呢!"

"你们怎么确定是她?"我穿过他连篇的废话,站起来,向前探身,差点抵住他的鼻尖。

"他,那个濒死体验者,捡到一本从她身上掉下来的书。喏,"他用下巴一点,指向桌面的诗集,"就是这本。上面还有你写的寄语:To 史婧,你是我心里的一首诗。没错吧?"

5

该书全世界仅此一册，已随史婧扑入熔炉，化为土灰，不可能有拷贝，他也不可能知道扉页的 To 签。我从未对任何人提及。我坚信史婧在这件事上与我是统一战线的，甚至，我怀疑她根本不知道我写下的情话。如前文所说，她也许从未碰过这本书，就像我们总是小心翼翼，避免身体接触。下意识地，她会认为诗集是我身体的一部分。

我应该去核实这位警官的身份，也许他来自电视台，想偷偷录制一场整蛊节目。就跟几十年前，把摄像机藏在盆景里，主持人从垃圾桶跳出来惊吓路人，捕捉他们惊慌的表情，制成娱乐大众的搞笑视频一样的思路，只不过技术手段升级，摄像机可以包裹一层光反应膜，融化在空中，主持人则用通过大数据获取的隐私撕裂你的防线。

我躺在沙发上，不断回想那次不算愉快的见面。

房间陈设跟一年前毫无二致，家具摆列的位置没变，凉鞋还待在鞋柜底层，地毯如常，餐具依然是两副，猫窝在阳台上，跟一年前一样，不怎么睬我。它是史婧的宠物、伙伴，对我一直若即若离。史婧去世之后，它也没跟我搞好关系的打算，但是认定我会对它不离不弃，于是自暴自弃，吃睡度日，唯一的变化是长了不少肉，抟在一起，愈发像只毛茸茸的黑色毛球。我曾经跟它熟络过一段日子，它也愿意我用手指挠它的肚皮，不时用脑袋蹭我的裤脚；直到某天，它突然性情大变，差点抓花我的脸，从此与我分道扬镳。我真蠢，搞不定一只猫。史婧非常喜欢黑猫，常常带它参加猫友聚会，交流吸猫心得，她在猫身上花费的心思远远超过对我的关注。VR 游戏的 Vision 眼镜搁浅在桌面，一年前从她脑袋上被摘下，再也没有启动。我从不碰那玩意儿。说不上为什么，就是排斥；后来，为了排斥而排斥，表达自己对传统的向往和立场,犹如用纸笔写诗。史婧说我身上有一股二十世纪八十年代的味道(现代诗歌最好的年代),她嘴里的八十年代跟三叠纪没什么不同。我就是活化石。书案也矗立在原地,我们习惯在一起工作,各自霸占一角,就像在图书馆被同一张书桌收留的两个萍水相逢的读者,自觉坐成一条对角线。偶尔抬头,她就在我的余光里奋笔疾书,计算、计算、计算,一张又一张稿纸上爬满了一长串数字和我一窍不通的公式。大多数时间,我咬着笔杆沉思,偶尔涂鸦一两句,或者涂抹几个跳跃的词组。我们约定,不干预,不打扰。她只知道我是一个诗人,陈列蹩脚的意象;我只知道她是一名数学家,演算庞大的方程。我们之间才是真的相敬如宾,我们就是彼此的宾客。

纸笔仍在,我每天打扫卫生,只是拂去灰尘,不曾扔掉,没有修改关于她的一丝一毫,房间跟昨天一样,跟去年一样,仿佛时间一直没走。她说她喜欢铅笔在白纸上摩擦的声音,喜欢白纸逐渐被涂黑的过程,计算机只是辅助,真正运转的是她聪明的大脑。这点我们不谋而合,我从来都是用钢笔和稿纸写作。她开过我的玩笑,说我幸好写诗,如果写小说,日更三千字,一定会得腱鞘炎。我记得很清楚,她的活泼总是来之不易。

钢笔吸水装置坏掉了,我拧开墨水瓶瓶盖,像使用鹅毛笔一样蘸墨水创作,沉思片刻,出水堵塞,需要甩一甩才能写字。

属于我的一角,桌子上诗集的作者从希梅内斯和叶芝,到于坚和李商隐,古今中外的诗人来来往往。如今摆着的是一本比字典还厚的《海子诗全集》,钢笔夹在其中一页,停留在我昨天没抄完的那首诗上。稿纸凌乱地铺开,我在给她写信。

卧室活在一年前,我再也没有睡过那张双人床,我怕夜里醒来,摸到的空白让我迷失;但还不至于崩溃,我们以前也是一人一只被筒,夜里翻身,无意间碰到,也会礼貌地弹开。

我睡在沙发上,很快沉入梦中。我回到那艘灵船,站在舷边,望着队形整齐的白鹤,望着张满的机翼,望着无声转动的螺旋桨,望着即将吞没史婧的熔炉。我转过身,发现舱内空无一人,整艘船上只有我一位乘客。这是我的葬礼,我将做一只扑火飞蛾,义无反顾地投入死亡的光芒。

我感到脸上有粗糙的触感,让我发痒,睁开眼睛,发现是猫在舔我。它很少跟我互动,除非饿了。我起来为它准备猫粮(它从来不按时就餐,而我更是茶饭不思),看了一眼镶嵌在墙体里的钟表,刚好是午夜零点。当。我睡意全无,索性去抄诗。我翻开《海子诗全集》,拿起钢笔,发现书页间躺着一根长发。为便于打理,我很早就保持寸头,而这根头发至少有四十厘米长。我拈着两端,放在眼前仔细观察,一个念头在我脑袋里闪过——离奇事件——我不由自主地紧张起来,四下张望,希望能捕捉一条人影,或者鬼影。什么都没有,连风都没有停一停;猫在安静地吃食,毫无异样,如果史婧现身,它一定比我激动;而且,猫不是有通灵之能吗?考虑到它的毛色,这个可能性还是存在的。

这根头发怎么解释?

我隔三岔五就会打扫房间,我早已把史婧遗留在枕巾上、梳子上、洗手池下水口的头发择干净,用一根红绳系住,挂在床头。我扑到卧室,拍下灯的开关,床头那绺头发安然无恙。就算有风溜进来,也没可能拔出一根,搬运到书中。这不是巧合,是人为。问题是,那个人是谁? 问题是,那是不是个人?

"史婧。"我轻唤她的名字。

喵。猫回应一声,抬头看我。一时之间,我竟以为她的灵魂附着在猫身上。我匆匆走过去,趴在地上,"史婧,是你吗?"

喵。猫被我突如其来的热情吓退。

它伸出舌头在嘴边兜了一圈,踩着轻柔的步点,跳到沙发上,用脑袋拱了拱靠枕,心满意足地蜷缩起来,随之响起细碎的鼾声。我再次扑到书桌旁,查看有无其他落发,却发现我一年都没能落笔的稿纸上有几行小字,细如毫毛,不留心很难发现。啊,那是用头发蘸着墨水写就的!

爱你的时刻

住在旧粮仓里

写诗在黄昏

我曾和你在一起

在黄昏中坐过

在黄色麦田的黄昏

在春天的黄昏

我该对你说些什么

黄昏是我的家乡

你是家乡静静生长的姑娘

你是在静静的情义中生长

没有一点声响

你一直走到我心上

我在这里等你

7

电话刚打完,我就听见一阵杂乱的脚步,敲门声随之响起,门后的单向透视系统清晰地映出高赛睡眼惺忪的脸,高分辨率让他的胡须和眼屎一目了然。

"你不会住我家楼下吧?"

"怎么可能?"他打着哈欠,非但不用手遮挡,还把带有韭菜味道的气息喷到我脸上,"警队租了楼上。"

"你们监视我？"

"我们对你没有兴趣，我们关心的是你老婆。那什么，别误会，不是那个关心。"

我没心思听他闲扯，直截了当地问道："她在哪儿？"

"我们也不知道，但我们押宝，如果她还活着——可能用'存在'来形容更准确——一定会回来找你。看来，我们赌对了，要不然就浪费一个多月的房租和外卖餐费了；你要知道，警局的经费非常紧张。"

"关于她，你还知道什么？"我打断他。

"你先告诉我，你看见了什么？你大半夜把我叫来，总得提供一点够格的信息吧。"高赛说完坐在沙发上，没有留意压到了猫，猫尖叫一声逃开。高赛四下打量房间，看到墙上的"奠"字，没话找话，"还挂着呢？"

"懒得去撕。"我支吾一句。

"那得多懒，都快赶上我了。主要是，这个字在房间贴着，多不吉利。你看着也是一个讲究人，没想到这么不讲究。"

"我发现了一根头发！"我打断他，张开双手，长发躺在我的掌心里。我隐瞒了诗歌的部分，这难以理解和接受，那是我写给她的第一首诗，她还记得，但是最后一句是"画蛇添足"。我无法确定是她临时发挥还是记忆有误。我在下面写道：你在哪儿？期盼她回复。

"这么说，她来过了。"高赛想想又说，"也只能是头发，看来小杰有两把刷子。"

"现在可以告诉我了吧？"

"好吧，你要有心理准备，史婧，你老婆——"

"她没有死？"这不可能，我目送她的遗体火化，亲手撮净骨灰，装进盒子，放入塔内。

"不。"

"她还是死了。"

"不。"高赛说，"她既死又活。"

11

"你对量子领域了解多少？"

"约等于零。"

"其实我也不懂，没必要懂。我们用了这么多年手机，连它怎么拨号都不知道，但这并不影响我们上网和通话。我也是接触到这起案件，从小杰嘴里听了个大概。简单来说，你老婆变成量子态，成为一团概率云，就是那个，哦，猫！"高赛看了黑猫一眼，"什么饿的猫。"

"薛定谔的猫？"

"对，就是这个姓薛的猫。"高赛长出一口气，"你知道这个就好说。他一口气讲了一大堆，什么观察者，什么波函数，什么 CS（此处应为高赛警官记忆偏差）——跟游戏有什么关系呢，全都不是人话。我能记住这些概念已经算是优秀了，完全得益于我多年的办案经验。总之，根据我们掌握的线索，你老婆是'质数的孤独'的一员，而且是出谋划策那种级别的人物。他们倾尽全力，意图搞一个大动作，具体内容我们还在调查；但可以肯定，与网络安全有关。"

"怎么可能？"我摇摇头，这比史婧变成量子态更值得怀疑。我们相处的几年，史婧从未显示出任何暴力倾向，我们甚至都没有像其他情侣或夫妻那样吵过一次像样的架。争吵也是深爱的表现，我们几乎不能说爱过。我爱过她吗？也许吧。她爱过我吗？不好说。

"你了解她吗？"

我哑口无言。我不愿承认，但我的确不了解史婧。就像她不了解我。我们很少对话，更别提敞开心扉。我们更像是无意间买到邻座的两位乘客，踏入婚姻这趟列车。我们或许有相同的目的地，但没有一样的目的。

"你不了解她。"看我欲言又止，高赛得出结论，"我学过微表情那一套，你的眼神出卖了你的心。这不应该啊，我以为你们非常恩爱。自古以来，诗人的爱情要么轰轰烈烈，要么缠绵悱恻，看来不是这样。你不爱她？她不爱你？"

"与你无关。"

"好啊，既然你们的婚姻名存实亡，你也没有利用价值，我可以马上离开，保证再不打扰。这根头发也许是她生前掉落，许多人看书时都有一些小动作，打响指、揉眉头，或者用手指去绞头发，拔下一根夹在书中也未可知。"

"她根本不会读这些书！"我厉声道。

"你对她的了解仅限于此？还有没有其他消息？"

"我为什么要告诉你？"

"看你咯！我也掌握了一些你可能感兴趣的线索，我会根据你配合的程度共享。"

"她每个月都会参加猫友聚会。"我想知道所有跟史婧有关的内容，我想知道什么是既死又活，她到底在哪儿？我想，再见她一面。

"在哪儿？"

"我不知道，她从来都是独往，从未邀我同去。"

"你们之间到底什么关系？有这样生分的夫妻吗？还是说婚姻把你们祸害成了陌路？看来我不结婚是对的。"高赛又开启话痨模式，"一个人也挺好，不是吗？如果无聊就养一只猫，实在不行，就去'M世界'（虚拟实境）杀戮或者冒险，总有一款游戏能榨干你过剩的精力。这就是我为什么选择当一名刑警，层出不穷的案子让我无暇烦恼。咳，跟你讨论这些心得干吗，还是回归案子本身。不管你们关系如何，一起生活几年，朝夕相处，总归比外人更了解她，你说是吧！除了参加猫友聚会，她平时还会做什么？"

"计算。"我说，"没完没了地计算。"

"计算什么？"

"方程,函数。我不太懂这些。"

"波函数方程?"高赛陡然提高声调,似乎我无意间戳中了什么关键点。

"先把你知道的告诉我,史婧到底怎么样了?"我借机威胁。

"根据目前搜集到的线索,我们推测'质数的孤独'意欲攻击网络。根据2050年的统计数据,已有500亿台设备连入互联网,其中很大一部分是和工业、军事以及航空航天有关的设备与系统。一旦他们破坏这些领域,损失将会难以估量。类似的恐怖袭击,以往发生过多起,只是不为常人所知。他们这次准备了一个大招。"

"我不关心这些,我只想知道史婧在哪儿?"

"我怎么知道?知道的话,我早把她缉拿归案了。"高赛说,"我们只知道她变成了量子态,一团概率云,根本没有可以追踪和观测量子轨迹的装置,量子无处不在。我之所以监视你,就是认定她会回来找你,我就守株待兔。量子态的人犹如幽灵,她能看到我们,我们看不到她。"高赛又扯出一套理论,说得天花乱坠,准确地说是天书乱坠,其实他自己也没搞清楚,我听得更不明白。他提到坍缩和自由意志,大致意思是说,人类拥有自由意志,量子化之后可以决定进入量子世界或者经典世界,后者即所谓的坍缩,从无数可能跌落为现实一种。我对此的认知仅限于薛定谔的猫。我理解这个概念是通过一首诡异的科幻诗歌,里面讲到,薛定谔的猫,既死又活,就像作者的爱情,时而浮出水面,时而沉入海底。我只记得,诗歌提到观察者,在没有对猫或者爱情进行观察的时候,粒子没有固定的位置、能量、颜色、热度和其他任何确定的性质,同时处于多种状态。一旦被观察者发现和锁定,就会从众多状态坍缩成唯一,即我们看到的现实。这并不难理解——如果浅尝辄止,不去纠结背后的理论的话。至于自由意志,更不必多说,但二者结合在一起,我还是第一次耳闻。通常认为,测量让量子转化为现实,但似乎并非如此。"濒死状态的人,会短暂体验既死又生,因此看到了你老婆。她拥有自由意志,可以选择坍缩或者继续保持量子态,而从她手中掉落的诗集难逃厄运,变成实物。"

"那头发怎么解释?"

"专家声称，量子态的人很难跟实物发生反应，就像全息投影，但仍然有微弱的力场，比如拂动一根头发。小杰有一套复杂的理论，我记不住。我个人理解是这样，可能不对，你就随便一听。她拔下一根头发，头发脱离本体，量子作用也不再纠缠，坍缩为实体。这是她来过的证据。你们是不是有什么约定？"他突然问道。

"什么约定？"

"没有。你脱口而出地那么自然坚决，看来你并不知情。"高赛说，"真是奇怪，你们的关系扑朔迷离，让我的推理时对时错。等这个案子结了，我们好好喝一杯。我也经历过一段飘忽不定的感情，说不定能让你产生共鸣，激发灵感，写出一首惊天地泣鬼神的诗歌，就像李白写的《长恨歌》。天长地久有时尽，此恨绵绵无绝期。真他妈绝了。别看我这样，初中时可是语文课代表，想不到吧……"

他又开始说些有的没的。

如果他的话可信，只需部分可信，史婧就有存活的可能。这让我欣喜若狂。而且，她来过，她看过，她在乎，她爱过我。

"走吧，今天晚上你得跟我上楼睡了，我的同事要过来检查，也许还会找到你老婆留下的蛛丝马迹。"他拈着那根长发，塞入塑料袋，"这个暂时充作证物，"

"跟我有什么关系，你怀疑我也是'质数的孤独'的成员？说实话，我倒是想加入。"

"估计够呛，他们所有成员都是数理化天才，我们调查过你，你连微积分都不懂，严重不达标。为了搞清楚他们的阴谋诡计，我这一年可没少受罪。这群人都是疯子，一直使用密文交流，即使截获也无能为力。直到我们发现了那本诗集，对，就是你这本，用位于密文对应页数和行数的诗句，拼凑出一则有效信息。目前小杰已经在组织破译，很快，我们就能有所斩获。"高赛说，"所以，你脱不了干系。"

"你把这些告诉我，难道不怕我透露给组织吗？"组织两个字就这样脱口而出，我下意识地把史婧的事业当成自己的追求。

"那太好了。不瞒你说，我们早就监视了你的通信工具，只要你发出一个信号，我们就能追踪到他们的老巢。不过现在没用了,他们发现我们查到诗集,一定会更改参照系。说起来,你还有其他诗集吗? 越不入流的越好。"

"现在警察都这么办案吗?"

"我不介意你去投诉,不过可能得排几个月的队。据说我的号比积水潭①的专家号都难挂。"

我只好抱了被子、猫以及《海子诗全集》一起上楼。高赛用指纹开锁,打开门,如绅士般地请我先进。屋里面堆满一次性餐盒,油腻的饭味之中夹杂些许脚臭。我皱了皱鼻子。高赛连忙解释,气味的源头不在他身上和脚下,而是小杰。我这才发现,小杰四仰八叉地睡在沙发上,全无书店遇到时的清新。他一只脚搭在沙发靠背上,一只脚踩着地板上的易拉罐,脸上盖了一本打开的漫画书。这是一套两室一厅的房子,其中一间卧室布满各式各样的电子设备,只剩另外一间可以住人。高赛邀请我同床,被我严厉地拒绝了。

"难道说,你们貌合神离是因为'同婚'?"

我用力剜了他一眼,无声地控诉。

"那怕什么!"他勾住我的肩膀,把我带进房间。不幸中的万幸,床很大。我紧紧地裹着被子,扎根在一侧,中间隔出一片空白。这让我想起史婧,以前,我们也是这样割据,分而治之。

"你还有什么想跟我交代,不,交心的吗?"

黑暗中,他的声音响起,破坏了我刚刚营造的氛围。

13

说起来有点好笑,我跟史婧在一起是因为生辰。

---

① 指北京积水潭医院。

不是古时讲究的八字,而是日期。我生于 2027 年 5 月 1 日。当年我跟史婧在家人的安排下相亲,古老却管用的形式。咖啡厅的装修风格可以追溯到二十世纪六七十年代,一百年前的粮仓,玻璃投映着像素感人的麦田,一阵阵风制造出金黄色的麦浪。我们坐在谷堆上,史婧开门见山,"不要孩子能接受吗？"

"还好。说实话,我也不太喜欢小孩。"我本来是走过场,就像前几次,坐一坐,喝杯咖啡,聊不咸不淡的天,时而尴尬沉默,时而强颜欢笑,拘谨恭送,再见,再见已是陌路。但是说不上原因,看到史婧的第一眼,我的心跳兀自加速,泵出血液,脸上不管不顾地涌现红潮。她打扮很随意,穿一件纯色 T 恤,运动长裤,头发扎成马尾,乖巧地贴着后背。判断你在意一个人,有两个标准：第一,情不自禁在思想行为上向她贴近;第二,有意无意为自己脸上贴金,刻意拔高自己。

"我并不讨厌小孩,相反,还很喜欢,只是我预感到自己不会是一个合格的母亲。我没有要孩子的权利。"她说得很绝对,也很决绝。

我第一次遇见初次见面就如此坦诚的女孩,对她的好感陡升。

"你做什么工作？"我抛出这个古老而必要的问题。

"待业。"

"我写诗。"

"诗人啊,真是罕见。"

之后便是长久的沉默,她喝光咖啡,续杯,又续杯,"你再喝一杯吧。"

"啊？"

"这样我们就能凑够五杯了。我喝饱了。"

我们那天并没有实质进展,彼此在社交平台添加为好友,各自回家。晚上,她给我发来信息,问我填写的生日是否属实。她语气生硬,像查户口。我说是真的。我不喜欢骗人,说谎就像裸奔,不用别人的目光谴责,我自己就会局促不安。

她说：那太有缘了,我的生日是 2029 年 7 月 3 日。

恕我愚钝,实在看不出这两组数字有什么关联。我发送疑问的表情,她回复我：首先，你的生日 202751 是个质数，我的生日 202973 也是；其次，2027 和 2029 是孪生质数，5 和 7 也是孪生质数。可惜 1 不是质数，不然跟 3 是绝配。

质数我有印象，只能被 1 和本身整除，孪生质数我从没听说，不愿扫她的兴，更不想显得无知（就像前面说的，有意无意在喜欢的人面前拔高自己，便没有发问），只是偷偷地打开浏览器查询。我正在看孪生质数的概念，史婧发来一则改变我人生的祈使句：如果你愿意，我们就结婚吧，诗人！

我们没有培养感情，就直接步入婚姻殿堂，一说坟墓。我觉得还好，殿堂和坟墓都有些夸大其词。婚姻就是一个家、两个人、三餐四季，没有五颜六色和七上八下，我们的生活黑白而平静。史婧跟我说，她不会过问我的私生活，只要别把其他女孩带到家里乱搞。我扑哧一下笑了，"你是我第一个女孩。"

她却冷着脸，并不理会我献祭般的谄媚。

我至今都不清楚她的职业，她有时出门，大多时候跟我一样赋闲在家。不，她闲不住，总是不停地计算、计算、计算。她说她脑子里有两个大数构成的齿轮。

"什么大数？"我有心跟她搭话。

"准确地说，是大数的大质数因子。汽车变速箱，相邻的两个大小齿轮齿数通常设计成质数，以增加两齿轮内两个相同的齿相遇啮合次数的最小公倍数，增强耐用度，减少故障。我脑子里就装了这样一组齿轮。"

我假装听懂，点点头，然后她邀请我玩质数游戏，我彻底崩盘。游戏很简单，就是每个人写下一个大数，由对方判断是否是质数，用时少的一方获胜。她教给我一些方法，但我根本赢不了她。我上网下载 Python，跑一个程序，把数值输入，就能轻松判断：

```
n=int[input('Enter a number:')]
print(n,'=',end='')
i=2
while n!=1:
```

```
        while n%i==0:

            n//=i

            if n==1:

            print['{:d}'.format(i)]

            break

    else:print['{:d}*'.format(i),end='']

        i+=1
```

但我仍然赢不了她，我还没输入那串数字，她已经有了结果。我对数字有一种天生的嗅觉，闻一闻就知道答案。史婧如是说。后来的游戏变成：她扔给我一个大数，我来判断；我搜索一个大数，由她计算质数因子。也是玩这个游戏时，她跟我讲了 RSA 加密系统，原意是帮助我理解，听完之后，我更懵懂。

"这是一种非对称加密方法，使用两个不同密钥，一个公钥，一个私钥。每一次交易加密过程，两个密钥都是必需。线上购物，供应商服务器把公钥发送到你的电脑，这个密钥是公开的，可以被你获取，你的电脑用这个公钥加密一个密钥，作为你与服务器之间共享的对称密钥，收到对称密钥，供应商会用自己独有的私钥解密。"

"可我网购时从没有输入过密钥？"

"不需输入，这些都是服务器保护交易的措施和屏障。"史婧一边说，一边还在计算，"两个大质数作为私钥，乘积作为公钥。黑客破解的就是私钥。"

"公钥是公开的吧？如果知道一个大数，寻找它的质数因子好像很简单，你在纸上就能计算。"我有点想不通。

"把一个大数分解为两个质数并不是一件简单的事，我们玩的数字远远称不上大数。非对称密钥通常会使用几百位甚至上千位的数字，寻找如此大的数字的质因子，就像，就像——我不擅长比喻。"

"就像芸芸众生之中，遇见一个对的人。"我动情地望着她。

"比这个概率小多了,人类还不到一百亿人口,不过是十一位数字。"史婧完全没有理会我的抒情和互动。这实属正常,我们很少交谈,也只有聊到她感兴趣的数学,才会多讲几句。她每天跟猫说的话远比跟我说的多。我们之间只说一些没有意义的短句,比如"吃饭吧""出门啊",顶多问"吃什么",从不问"去哪里"。我们的交流更多的是通过信件。

史婧说,那样的大数按照印刷体排版的阿拉伯数字组成一列,估计跟她的头发一样长。她非常爱惜头发,每周洗两至三次。史婧洗澡和洗头分开,她每天睡前洗澡,洗头则在洗脸池完成,让头发完全浸泡,仿佛饮水。洗头对她来说是一件大事,往往要耗费许多资源和时间。

"我来帮你吧。"

她弓着腰,双手扶住池沿,我掬起一捧水润湿头发,把洗发膏挤在掌心,揉开,均匀地抹在她的头发上,蘸了水,继续揉搓。我找到一只干净的玻璃杯,另接一盆清水,用手背试探温热,舀起一杯,轻轻地倒下,如此反复。

那天晚上,史婧伸出手,与我的手握在一起。

那是我们第一次身体接触。

17

那天晚上我失眠了,满脑子都是史婧,她的影像逐渐变成一个个跳跃的数字,皆为质数。我能背诵 1000 以内 168 个质数,并非出于爱好,而是出于爱,因为她喜欢这些(在我看来冰冷的)数字,我才会强迫自己死记硬背,不停地重复,让这个毫无规律的数列变成一种膝跳反应,任何时候都能准确无误地吐出。

2、3、5、7、11、13、17、19、23、29、31、37、41、43、47、53、59、61、67、71、73、79、83、89、97、101、103、107、109、113、127、131、137、139、149、151、157、163、167、173、

179、181、191、193、197、199······

我轻轻地背诵，在天明时分入眠。

刚睡没多久，我就听见一阵剧烈的敲门声，睁开惺忪睡眼，看见小杰，"放心，我什么都没看见！"

"你的发现最好对得起刚才的火急火燎。"高赛坐起来，双目炯炯有神，"说。"

"总部发来信息，墨城新区炼钢厂被病毒攻击。他们怀疑是'质数的孤独'所为，让我们尽快赶到现场。"

"出发！"高赛下床就走，在小杰的善意提醒之下，回来套上一条裤子，跟我说，"安顿好你的猫，下楼跟我们一起去。"

$$\infty$$

史婧：

你好。

见字如面。

今天是个特殊的日子，我想给你一个惊喜，但很抱歉，我搞砸了。你知道我并无恶意，我只是想讨好你而已。我知道，这有悖于我们当初的约定。我们说好了，互不干扰，只做彼此的屏障。我向你道歉。

你说过，我们的生日是个特殊的组合，都是质数。你还说，质数都是孤独的。非对称式加密方式都是使用大质数，这是世界运行最合理也最安全的模式。所以，世界的本质是孤独。你说这些话的时候语气风平浪静，我却听出波涛汹涌来。我是一个诗人，拥有敏感的触觉，有时候对一个意象、一个词组着迷，对于感情，却是十足的生手，和你一样。我只是抑制不住自己。

我不想干预你的生活，但是如果可以的话，我能参加你们的聚会吗？我也很喜欢猫。

客厅还透着光,你在生气吗?

我再次向你道歉。

早点休息吧。

期待收到你的回信。

罗凯

19

我们搭乘一辆安吉星自动驾驶汽车,高赛坐在驾驶座,更改为手动模式,一路狂飙、超车,我跟小杰小心翼翼地在车内用餐,结果还是洒了一身豆浆。到达案发现场,已有消防官兵布防,工人都被疏散。负责人告诉我们,钢厂操作系统遭到破坏,高炉无法关停,持续运转,超出负荷,随时都会爆炸。小杰立刻来到钢厂控制室,在键盘上噼里啪啦一顿操作。我跟高赛都是门外汉,只能静观其变。负责人简单交代几句,赶忙离开。控制室并不在安全范围,如果爆炸发生,我们恐遭伤害。

"你怎么还在这儿?"高赛一直盯着小杰,猛地看见我,"快走!"

"你怕死吗?"

"我们死了是因公殉职,你死了就是伤及无辜。"

"我不怕死。"

"神经病。诗人都这样吗?"

如果破坏确系"质数的孤独"所为,如果变成量子态的史婧参与其中,那么越接近案发现场,邂逅她的概率就越大。当时我脑子只有这一个念头,与生死无关。小杰把帽檐转到脑后深吸一口气,十指翻飞,像是加了快进效果。房间里安静极了,只有敲击键盘的声音和机箱运转时轻微的轰鸣。写诗写多了,就喜欢用一些不和谐的偏正短语。轰鸣怎么能跟轻微搭配？就像，我跟史婧。操作室里有许多屏幕，其中大部分处于瘫痪状态，黑屏，不时从四边溜出一个雪人形象，它滚动着一颗雪球，从画外走入画内，继而走出，雪球越来越大。事后小杰告诉我，这是雪人病毒，雪球膨胀到一定程度就会引发雪崩，届时，任何人都无力回天。那天，雪人没有得逞，它在小杰的照耀之下融化了。高炉停止运转，虽然爆炸得以避免，但仍然给钢厂造成了难以估量的损失。眼见为实，不管我怎么抵触，这就是赤裸裸的恐怖袭击。

"奇怪。"高炉关停，小杰却没有丝毫兴奋或者后怕，而是比刚才更加愁眉不展。

"怎么了？"

"有一段代码空白，攻击停止了几秒。高手过招，一个破绽就能决定胜负或者生死，只是这个破绽太低级，显得刻意。对方自废武功，似乎是为保全什么。"

高赛凝思片刻，让小杰调查钢厂信息，我们驱车离开。

"这个钢厂的系统也太落后了，我怀疑自从落成，主控机器就没有更新换代，竟然存在'心血'漏洞。我以为这种漏洞半个世纪之前就被彻底堵上，没想到还有这么大一条漏网之鱼。"回程路上，小杰高谈阔论。不等我和高赛发问，小杰主动补充，"'心血'漏洞是由 OpenSSL① 里被广泛使用的'心跳'扩展中一个低级软件开发错误导致，因此得名。窃听者可以利用漏洞获得密钥、用户名和口令字，任何由 SSL 提供的安全性保证都形同虚设。"

"开始了。"高赛没头没尾地来了一句，这次轮到我和小杰疑惑地望向他，"我们可能搞错了，他们的目标不是网络，而是实业。我记得你说过，从使用无线电通信的嵌入式胰岛素泵到 GPS 卫星都属于现代网络的一部分，汽车、自动取款机、医用设备等都与网络有关，都可能成为下一个攻击对象。"

"以我对黑客的了解，我还是觉得，相比这些，'灰城'更有吸引力。"小杰猛地

---

① SSL 指 Secure Sockets Layer，安全套接层协议。

发现我也在车内,紧张地看了高赛一眼,"这些能说吧?"

"放心,我对诗人的破坏力有信心。"

"别叫我诗人!"我吼道。

"看,诗人不乐意了。"高赛满不在乎,转头对小杰说,"你继续。"

"通过密文破译,得到一些关键词,其中提及最多的就是'灰城',所以,我们认定他们的目标就是'灰城',这是其一;其二,'灰城'的吸引力和影响力是那些基础设施难以比拟的,光是想想就让人心动。简单来说,'灰城'就像神经,实业不过是四肢。切断四肢,我们可能暂时失去行动能力;切断神经,整个人就废了。"

"'灰城'是不错的目标,但是太不现实。'灰城'在哪儿?它可是使用最新的量子加密技术,专项小组二十四小时监测,一旦异常访问就会引起注意。"高赛持不同意见。

这次轮到我看着他们,但是高赛和小杰都不打算给我解释"灰城",我眼下只能猜测,"灰城"可能是一台超级电脑,就像天河计算机组。

"这倒是。"小杰没有跟高赛唱反调。

小杰率先下车,去调查跟钢厂有关的信息,高赛把我直接拉到一家快餐厅。现在时间是上午十点,早餐店已经关门,其他饭馆还没开始营业,我们只能吃快餐。

"你觉得他们最想攻击哪里?"

"我怎么知道?"我咬了一口汉堡,肉汁和菜叶混在嘴里搅拌,"知道也不告诉你。你们警察办案不都是靠证据吗?现在改用想象力了?"

"如果我是恐怖分子,一定想扩大恐慌,最好是把人们都卷入,让他们切身感受恐惧,而不是通过客户端新闻推送隔靴搔痒。钢厂并不是最好的目标,还不如袭击自动驾驶系统,造成大规模车祸。"高赛自顾自地推理,没有理会我的揶揄,"希望小杰能尽快反馈,我们在跟死神争分夺秒。我这么形容你老婆,你不介意吧?"

"我没那么无聊。"

"是啊，我们都是成年人，不像小杰，他还是个孩子。"

"小杰太年轻了吧，有二十岁吗？"

"十七。"

"未成年？"

"他十五岁就夺得当年 Bug Bounty 比赛冠军，是史上最年轻的导航者。"我已经积攒太多名词，虱子多了不嫌痒，回头一起搜索就行。高赛吸干一杯可乐，发出刺耳的吱吱声，惬意地打着饱嗝，望向我，"其实我对他了解有限，我叫他小杰并不是亲切的昵称，事实上，我并不知道他的全名，小杰可能也是代号。毫无疑问，他是计算机天才，一直在寻找'灰城'，之前还曾黑过警队网站，只为窃取相关情报。他们费了很大力气才找到小杰。他的罪名可大可小，上面一个转念，他就可能沦为阶下囚。网络部门力荐，把他吸收进来，助其改邪归正。我对他始终有所保留，就像对你一样。别想瞒我，我可是火眼金睛。"高赛突然严肃，眼神凌厉，突然他捂着小腹站起来，"凉的喝多了，肚子疼。"

我跟高赛一起乘坐电梯，我先下来，他继续攀升。回到家里，一切如常。警方就像职业"小偷"，把翻查过的东西全部复位，表面看不出一丝入侵痕迹。猫在卧室门口的坐垫上熟睡，我脱在旁边的拖鞋还是那个姿势。客厅窗户没关，一阵风造访，把墙上的"奠"字吹得簌簌直响，其中一角粘贴的胶布掉落。我找来胶带粘好，用大拇指指腹使劲熨平。

"奠"字下面，是她的动态遗像。

这是一种最近几年流行起来的技术，把逝者从出生到死亡的照片输入其中，可以浏览他的一生。后来扩展为，照片后面超链接一条视频，如果你不去观看，照片始终按照先后顺序流转播放，一旦有人注视，它就会播放逝者生前任意年龄的时光碎片。这项技术最大的特点是捕捉视线，内置感应器可以识别人眼，原理参照面部识别系统；另外一个特点是随机，你永远不知道播放的是死者在何时何地

的画面。我能体会设计者的良苦用心，当你想念那个人，又不敢面对她，随机就成为一种安慰。

23

我在网上游荡。

这是史婧去世之后，我第一次碰电脑。

不出所料，"灰城"并不是城邦，而是传说。网络上仅有一个词条：

"灰城"是数据堆砌的城堡，里面拥有每个人的过去，但大门紧闭，不对任何人敞开。"灰城"是墨城的背面。

墨城是我生于斯长于斯的城市。

导航者的信息倒是很多，多跟航海、航天有关，显然不对口。我又加上一个关键词"bug"，大部分选项是导航系统bug，仍然差之千里。我记得高赛还说了另外一个单词，却回忆不起来，不过即使回忆到位，也不能准确拼写吧。事实是，我高估了自己的检索能力，我以为只需键入词语，轻轻敲击就能得到反馈。我对网络的认知过于单薄和肤浅。我正准备下线，屏幕一片漆黑，只剩闪烁的光标。很快，出现一颗忽明忽暗的光点，又一颗，仿佛满天繁星，我还没搞清楚状况，屏幕上弹出了一个对话框：

你是谁？

我第一反应，电脑被黑了。我并不惊慌失措，里面并没有什么不能失去和访问的秘密。我反倒有些心动，就像沃特·迪士尼先生跟老鼠之间的友谊，穷困潦倒的画家，把人人喊打的老鼠当成慰藉孤独的伴侣。当你足够寂寞，任何闯入者都能带来惊喜。

你是谁？我决定逗逗这只老鼠，反问回去。

我是一个孤独的质数。

史婧？

史婧？我们从不称呼彼此姓名，她是雪人 53 号。你可以叫我雪人 23 号。我见过你，在葬礼上，你一点也不悲伤，没有一滴泪水。稻草人都没感情啊。

你怎么知道稻草人？我诧异万分，这是我跟史婧独有的秘密，我没想到，她竟然随便告诉别人。

很惊讶吗？我们每个成员都有自己的稻草人。

稻草人也比恐怖组织成员要好吧。

哈哈。恐怖组织。我们只是在网络上追寻绝对自由，我们在创造每个人的自由。你，所有人，都应该感谢我们，是我们扯下遮住你们双眼的黑布。

我不关心自由，我只在乎史婧。她在哪里？

你们这些稻草人啊——你知道什么是稻草人吗？"质数的孤独"成员都是单身，我们同时也追求现实生活的自由，但为了掩人耳目，我们会找异性结合，这些人，包括你在内，就是稻草人。就像麦田里的稻草人，吓唬啄食的鸟。我们的人遍布世界各地，各个领域。史婧是我们最优秀的成员，数学天赋惊人，所以我们选中她从经典世界进入量子世界。你问我她在哪里？她无处不在。

对话框忽闪一下灭了。显示器出现一个推雪球的雪人，雪球越滚越大，逐渐占满屏幕。轰——嘣！屏幕上充满雪花。系统瘫痪了。

稻草人。

雪人。

我愣愣地看着雪花，回想起我们从初遇到分别的时光，我只不过是她计划中的一环，甚至不是不可或缺的一环，任何一把干草都能扎成一只虚张声势的稻草人。至少她没有骗我，从一开始，她就跟我厘清婚姻实质，同一屋檐下的两个房客。我想起我们第一次见面，想起我们坐在长桌对角，投入各自的疆域，不时抬头，相视一笑；想起我为她洗头，黝黑的长发，白皙的脖颈；想起我们第一次做爱；想起她叫我诗人；也想起那天黄昏，她戴着Vision突然惊厥，设备故障，电流瞬间陡增，暴击她的大脑；想起她的葬礼……疑窦丛生。医学上的死亡是谁做的判断？火化的尸体去了哪里？"质数的孤独"遍布世界各地，各个领域，他们躲在幕后，导演了史婧的死亡，偷梁换柱，运走尸体，不，她当时还活着，是我亲手把她从经典世界送到量子世界……

佛说，三千世界。她去了哪个？

一连几天，我都不能消化这些胡思乱想。我像猫一样在地上爬行，寻找发丝，还盯着史婧留下头发的那页诗句，终日不动，如同坐化。我仿佛也变成量子态，忽而聚合，忽而分散。我接到高赛的电话时，以为身处梦中，他一句话就让我清醒，"我们找到你老婆了。"

29

通过一层一层追踪，小杰摸清了攻击脉络。

新区钢厂隶属于一家能源公司，该公司旗下有许多产业，钢厂、机器服务和挖掘机是其支柱，机器服务领域主要涉及制冷系统建造与维护，最大的客户是城邦电力集团。

"我都说了，他们不是一般的恐怖分子，从不使用打打杀杀、威胁恐吓这种低级手段，他们目标远大，呸，居心叵测。想想看吧，当今世界，一切都离不开电力，哪怕中断几秒钟，造成的损失也是天文数字，这可比汽车炸弹威力，再呸，后果严重多了。"高赛侃侃而谈。

数字。我的心里别了一下。史婧的血液里流淌的就是数字。至于天文数字，411302715452203算不算？我连自己的电话号码都记不住，这组数字却深深地印在我的脑海里。

"这跟我妻子有什么关系？她变成量子态攻击电网？"

"这涉及网络加密解密。一些军事和重要网络开始普及量子加密技术以保护数据安全，理论上非常安全，无懈可击，只有量子计算机能够破解。幸运的是，量子加密技术的发展远比量子计算机超前，目前还没有真正意义上的量子计算机问世。不过，仍有一些基建设施使用传统的 RSA 非对称加密方法。这种方法非常简单，就是增加密钥长度，从 1024 位升级到 2048 位，即使使用世界上运行速度最快的计算机组，也要持续上亿年才能破解。非对称密钥体系中的公钥和私钥都源于大数的因子——"小杰解释道。

"算了，多说他也不懂。"高赛打断小杰。

"准确地说，是大数的大质数因子。"我说。

"你不是诗人吗，怎么知道这么多？现在写诗要求这么高吗？"

"先回答我的问题，这跟我妻子有什么关系？"

高赛示意小杰继续，"各国居民供电电压和频率都不一致，现在出国旅行都要携带电源适配器，新一代量子加密设施并没有覆盖墨城电网，目前使用的仍是 RSA 大数加密，而且为了避免反应延迟，密码长度只有 1024 位。我们怀疑，'质数的孤独'在偷偷研发量子计算机，很可能已经成功，如此一来，破解电网密码不在话下。一旦破解，他们只需持续不断地发送攻击数据，就可以炸毁发电机，就跟之前他们在钢厂散布的病毒是一个道理。黑客们非常善于找到网络中最薄弱的一环，他们通过钢厂黑进母公司，又从母公司的通道连入另外一个子公司——维护制冷系统的服务商，通过追踪这些制冷设备，连接到电网核心系统。"

"你说，这个恐慌和破坏得有多大？不过不用担心，"高赛来了一个大喘气，"我们已经布下天罗地网，就等他们自投罗网。"

我剜了高赛一眼，"我还是不明白，量子计算机跟量子态有什么联系？变成量子态是制造量子计算机的前提？"

"这个问题非常白痴。"小杰毫不留情地指出，"这完全是两码事，就像吸猫并不是把猫塞进鼻孔。目前建造量子计算机的方法有三种，分别是原子离子量子比特、超导量子比特、固态自旋量子比特，没听说过让人进入量子态。而且，我始终对这个说法存疑。我更愿意相信眼见为实的科学。什么叫自由意志啊？少拿这些哲学概念糊弄人。"他把"眼见为实"这个成语咬了重音，大概是对看不见、摸不着的量子态有些排斥。我没他那么执着，我愿意相信，只因这个理论能够让史婧死而复生。不管是先进的科学，还是传统的邪说，我都接受。我只想，见她一面。

"来吧，我邀请你跟我一起收网，说不定会遇见你既死又活的老婆。"稍后，高赛补充道，"其他警察可不会这么办案。"

31

我多想，敲开她的心扉，住进她的心里。

为讨好史婧，我特地背诵 1000 以内的质数，在她生日那天，作为礼物送给她。我以为她会感动，"这是我收到的最美丽的礼物"，或者，"谢谢你，诗人，这很浪漫"，史婧下午带猫出门，深夜回家。我守着一桌精心准备的饭菜孤独终老。她有自己的生活圈子，数学和猫都位于圆心，我则游走于圆外，充其量是一条外切线，只有名存实亡的婚姻让我沾了她的边。

"还没睡？"

"在等你。"

"早点休息。"

"你饿吗？"

"我在外面吃了。早点休息。"

"2、3、5、7、11、13、17、19、23、29、31、37、41、43、47、53、59、61、67、71、73、79、83、89、97、101、103、107、109、113、127、131、137、139、149、151、157、163、167、173、

179、181、191、193、197、199……"

史婧愣了一下，"别背了，早点休息。"

我不想休息，也无心睡眠。我盼望着那只曾经穿过冷漠的手再次勇敢地抓住我，然而整个晚上，她都没有跟我互动。我的耳畔也始终没有响起她均匀的鼻息。我知道，她跟我一样清醒。她在想什么？她在想我吗？两个人睡在同一张床上，伸手就能拥抱，彼此却像隔了天堑。什么叫咫尺天涯，这就是咫尺天涯。我不禁怀疑这段婚姻存在的必要性，甚至是可能性。可是长久以来的朝夕相处让我们之间产生一种奇怪的张力，维持在一个平衡，不会太远，不能太近。她爱我吗？答案不言自明，如果非要问出这样赤裸裸的问题就是自讨没趣。何况今天是她的生日，我应尊重她的主观意愿。饭菜和质数，都不过是我一厢情愿，这么做除了让彼此难堪，没有任何价值。后半夜，我迷迷糊糊地睡着，我梦见了她，一个温馨又明亮的梦。梦中的我们那么和谐，就像所有恋人一样在街上大大方方地牵手，我们一起去影院，加入一场电影的冒险，共进晚餐。她脸上一直挂着浅浅的微笑，幸福由内而外。城市突然变草原，我们开车前往一片静谧的星空。我试探地拥抱了她，她甜蜜地依偎在我怀里。我从梦中醒来，眼角竟然挂着眼泪。在梦中相遇，醒来总有一种别样的美好，让人向往。都说梦中遇见的人，醒来就要寻找。她就在眼前，我却无法靠近。

我索性来到书房，给躺在卧室的她写信。

这是史婧在我们结婚不久后发明的聊天模式，她说她喜欢使用信件交流，于是我们开始通信，没有信封，只有信纸，邮递员是我们自己，我投递给她，她反馈给我。一般来说，我写五六封信，才能跟她打一个来回。可我非常知足，反反复复流连于字里行间，每一个字都很熟悉，每一个字都很特别，仿佛有了生命和性格。写好信，我放在她的常坐的位置，回到卧室，她已经入睡。我多想抱抱她。我只能面对着她的后背，轻轻地抚摸她的长发。我能想到的最浪漫的事，就是和她背靠背躺在床上读写给彼此的信。

清晨，天刚亮，史婧没吃饭就出门，没说去哪儿，我也没问。这是我们的约定和默契，互不干涉。我久久地赖床，一直半梦半醒，梦见起床，梦见做梦，如此挣扎了半晌。我想通了，婚姻原本就是各取所需，没必要上纲上线，搞得谁的付出多伟大，谁的坚持多珍贵。我准备把昨晚的饭菜倒掉，却发现她已经收拾干净，餐桌上有一杯牛奶，杯子下面压着一张纸条：

可乐鸡翅有些咸。

P.S. 已读。

真没出息，我差点儿没忍住哭出来，又破涕为笑。一旁的黑猫警惕地望着我，好像在提防一个随时会发病的精神病患者。我注意到它的情绪变化，想跟它分享快乐。过去一段时间，我们建立了还算不错的友谊。我想抱它（某种意义上，它是史婧的化身），却被它尖叫着挠破手背。

我没想跟它斤斤计较，但是黑猫在躲避过程中碰到门框，尖锐的角度和巧妙的力度给它造成巨大伤害，鲜血直流。最后，我打了五针狂犬疫苗，它缝了五针。我们这次负伤让史婧非常着急，但显然，她更关心黑猫。没多久，黑猫伤口痊愈，即使仔细看，它的额头也没有明显的疤痕——史婧为它选择了美容线。

我平时很少上网，偶尔登录浏览器查阅几首诗歌出处，再就是学习做菜的诀窍。史婧吃完我做的饭菜，让我备受鼓舞，很想再接再厉。我把光标点在空白处，系统自动提供十个热搜，不外乎政治军事、明星出轨，有一条吸引了我的注意——《惊！一只黑猫竟然出现在保险柜中》。新闻标题一般都哗众取宠，我点开求证，新闻讲道，某企业家夜里总是听见猫叫，起身检查，一无所获，但叫声凄惨，不绝于耳。这是标准的恐怖片模板。最后，他找到声源，一只黑猫竟然躲在上锁的柜中。舞台上的大变活人是魔术，生活中的大变活猫则闻所未闻，因此成为热搜。网友纷纷质疑炒作，由于太过背离科学法则，唯一的解释就是该企业家一手包办了这条新闻。什么都可以造假,就看利益关系。这条新闻下面也有一些拥趸,并且给出一些貌似真实的经历,比如在飞机厕所遇见一只橘猫,在南极考察站机房发现一只暹罗猫,这些奇怪的案例都不足为奇,反而是另外一条普通的回复让我坐立不安。一名网友声称,她在自家鱼缸里打捞出一只被淹死的黑猫,由于毛发被水打湿,结成一团,可以清晰地看见猫的额头上有一道疤痕,还能看到细密的针脚,不多不少,一共五针。我靠在椅背上,瘫坐了一刻钟。趁史婧不在家,我用美味猫粮控制住黑猫,仔细拨开它额头的毛发,找不到一丝伤疤存在的痕迹。

很快,我渐渐地忘却了。这些离奇古怪的热搜也凉透了,每天都有新的问题出现。

一晃几个月过去,我的生日也到了。我不奢望史婧能像我一样用心准备、绞尽脑汁、亲力亲为,只要她能记得,跟我说一句生日祝福,我就会心满意足。

她最近频繁外出,有时半夜才回。我出于好奇,跟踪过她几次,但总是在岔路口被甩开。我不知道,为何参加猫友聚会如此神秘,还要讨论至夜深。我只能安慰自己,也许猫友跟猫一样喜欢夜间活动。爱猫之心,人皆有之。

我本想汲取上次的教训,让所谓的纪念日沦为普通的一天,可是内心雀跃又不甘。中午时分,我特地给史婧发了一个消息:今天是什么日子?

她没有回复。我紧紧地盯着手机,就像猫盯着老鼠出没的墙角。手机屏幕忽闪一下,我立刻扑上去。编辑催稿、朋友留言、系统提醒,各种各样的骚扰信息接踵而至,每次都把我的胃口高高吊起又重重地粉碎。直到半下午,史婧终于回复:哦,今天是国际劳动节。

好吧,我放弃了。我在沙发睡着。不知过了多久,史婧轻轻地把我推醒。

"回屋睡吧。"

"不用了。"我摆出脾气。

"哦。"

我转过身,等待听她离去的脚步声,没想到她爬到沙发上,从背后抱住我,"现在是晚上 11：47 分，真巧，11 和 47 都是质数。这些天太忙，没来得及准备礼物，我不会写诗，给你唱首歌吧。"我完全没有反应过来，耳畔已经响起她的歌声。她呵出的气息扑到我耳朵里，有些温热和痒。

我不是个稻草人

不能动不能说

已把爱紧紧绑心中

我不是个稻草人

没人爱没人懂

再难再疯我要结果

我从没听过这首歌，也没听过史婧唱歌。她的声音在我的耳根盘旋，痒痒的，湿湿的。如梦似幻，我受宠若惊。这首歌叫《稻草人》，距今已有六十多年历史。我后来总是单曲循环这首歌，在每个繁星抛弃银河的夜里。这是后来的故事。当时，她唱完歌，有一段短暂的空白，我享受着绕梁的余音，不忍用语言破坏氛围。我乖乖地听从安排，回到床上就寝，我们像往常一样卷进自己的被筒，各自为战。没一会儿，她钻进我的战壕，"诗人，你想做爱吗？"

第二天早起，她又不见了，餐桌上有一封回信。

∞

诗人：

你好。

见字如面。

我没有生你的气，谢谢你送的生日礼物。

我最近非常忙，日夜颠倒，可能会影响你的作息，请别介意。过了这段时间，我就会还你清净。

有时候想起来，就像一场梦。我们是两个迥异个体，怎么会粘贴到一起？过去像是一场电影，而我不是演员，只是置身事外的观众。你一定也有过类似体验，毕竟，我们生活在同一片屋檐下。

关于聚会，抱歉我不能带你同去，这个组织非常奇怪，拒绝陌生人加入。很高兴你也喜欢猫，希望它也喜欢你。未来的日子里，你们一定要好好做伴。

我想过像个正常人一样生活（好像我现在不正常似的），可是每个人都有他的选择，你选择诗歌，我选择数学，你选择我，我选择你。有时候，我们却没有选择……

我也不知为什么写到这个话题，更多是想到哪里，就写点什么，没有腹稿，没有谋篇布局，纯粹是有感而发。你可以跳跃，也可以忽略，没什么实际意义，更像是牢骚，连感慨都算不上。可能，只是想多攒几个字，显得我用心。毕竟写信是我的提议，我却很少提笔，拉拉杂杂写了这些，将就看吧。

婧

37

高赛把胡子刮净，下巴一片铁青，看上去精神抖擞。我了解他这种人，破案就是他生活的全部，就是他心仪的对象，今天对他来说是个大日子，他特地捯饬一番，做出隆重的回应。我了解他这种人，我就是这种人。史婧也是。只不过我们迷恋的事物不同。他也是一个质数，一个孤独的质数。

指挥中心比我想象中更加巨大和忙乱，成百上千名身穿制服的警务人员枕戈待旦。这看起来不像一次抓捕行动，更像一场战争。我很难摆正自己的位置，我当然拒绝恐怖袭击，却也不愿警方破案，那些曾经跟史婧并肩作战的人们，恐怕还不知道自己已是瓮中之鳖。他们想象中的狂欢，其实早已落幕。

"壮观吧。"高赛说，"我们差点儿把门卫都出动了。这可是墨城建市以来最大的案子。"

"不至于吧。"

"非常至于。但凡联网的线路都能接触到电网，他们一定会经过多层伪装和转折，我们必须追踪每一条触角。哈，我这个修辞还可以吧，诗人？"

"别叫我诗人！"

我不想跟他多说一句，高赛却不依不饶，"我们设置了阈值，一旦信息涌入过量，就会触发警报。你知道我现在最担心什么吗？我最担心他们突然收手，放弃犯罪，这会让我们的心血付诸东流。"

很快，高赛的"担心"落空了，第一条警报响起。

第二条，第三条，第十条，一百条，成千上万条。

"看，我就说他们聪明，呸，狡猾。他们放出烟幕弹，但架不住我们人多，一条一条试错也来得及。"高赛说完抛下我，投入这场属于他的战争。我开始期待警方成功，如此一来，我就能跟他们一起打入"质数的孤独"，寄希望于在那里见到史婧。

亿，兆，越来越多的信息涌入。

指挥中心热火朝天，只有我置身事外。

"找到了！"小杰喊道。

"全体出发！"高赛命令。

"你们先走，我要留下来安装一个追踪程序。"小杰看着我说，"你的电脑被雪人攻击了吧。我能找到他！"

"不用多此一举,我们已经锁定他们的巢穴。"高赛对小杰说,似乎不放心留他在这里。

"狡兔三窟。对于这些擅长用网络节点伪装线路的高手,何止三千窟。"

"好吧,我们先走,你随后跟上。走吧,诗人。派对开始了。"高赛推了我一把,我好像失去重量,一个跟跄飘到空中。

我又开始梦游,追随着高赛的步伐,亦步亦趋。汽车风驰电掣,无限逼近案发现场,高赛看上去反而有些害羞,似乎跟爱人初次约会。我想起我和史婧初次约会,那间古老做旧的粮仓,玻璃上的电子画面。这个年代,假象栩栩如生,真相无人介怀,越来越逼真的 VR 游戏成为人们逃离生活的首选,史婧在世时常常下沉到"M 世界",但我从不碰那玩意儿,我恋旧。

这只是一间普通公寓,越是普通,越容易掩人耳目。高赛随大部队冲入屋内,我在门外等待信号,半晌没有回应,我试探着走进去。我不知怎么形容这样的场面,颇有些黑色幽默:屋内并无一人,只是蹲着一群品种、花色各异的猫。茶几上有十几个瓷杯,数量大概跟猫相仿,好像是猫们在聚会,一边喝咖啡,一边抱怨各自不靠谱的主人。

"他妈的,我们让一群猫给耍了。"高赛看着我,一脸落寞。

本想请君入瓮,结果自己才是瓮中之鳖。我不高兴,不难过,四下寻找,没有史婧的踪影。猫儿对我们的破门而入大惑不解,发出阵阵叫声。上百名警员把这栋大楼团团围住,就是为了逮捕一群猫?这个失误传出去,不仅高赛,整个警界都可能成为人们茶余饭后的谈资。高赛不愿接受这个赤裸裸的失败,发疯一样翻箱倒柜,仿佛能从衣柜和门后抓出几个嫌疑人。只要是人就行!

"起码我们阻止了他们的阴谋。"随后赶到的小杰说。

"咖啡还是热的。"高赛端起杯子喝了一口,"他们没走远!一定有内鬼,泄露我们的计划!"他盯着小杰怒吼,后者一脸坦然,不解释,也不急躁,清者自清。"是不是你?我早就看你不对劲,你跟他们是一伙的,你也是'质数的孤独'的成员!

你本就是黑客！你刚刚是不是给他们通风报信？一个电话过去，可比出警速度快多了。"

高赛抓住小杰衣领，后者轻轻地挣开，"没错。我是跟他们惺惺相惜，但我现在的身份是一名人民警察。"

"实习网警而已。"

"我对得起肩上的警徽和责任。我没有通敌。"小杰交出手机，"给我一点时间，就能找到他们的据点。"

"给你一点时间，还是为他们拖延一点时间？"

"相信我。"

高赛竟拔出手枪，但是黑黢黢的枪口指向我的脑门。他转头对小杰说："我相信你，没有内鬼，但是有鬼。有比电话更快的传播速度，量子态不是可以瞬间在宇宙中穿梭吗？"他说着面向我，"她就在这里！"高赛环顾四周，在虚无中寻找光，"你赶紧现身！否则我一枪打死你老公！"

"没用的。"我说，"跟他们庞大的计划相比，我实在是微不足道的一环。而且，我只是她的稻草人。稻草人你明白吗？"那一刻，死亡并非面目可憎，反而有些秀色可餐。

"我数三秒。"高赛根本不理会，冲半空大吼大叫，"3——2——1！"

一根发丝缓缓地飘落，横在茶几上，我伏身去扑，被高赛一脚踹开。我手脚并用，挤到高赛身旁，看见茶几上蚊腿般纤细的笔画。

与此同时，小杰大喊一声："找到了，在墨城 A-3 区灵堂！"

桌面上，头发蘸着咖啡写的两个字正是灵堂。

∞

史婧：

见字如面。

好久不跟你通信，你那边一切都好吧？

我都好，猫也很好，不用挂念。我们每天按时吃饭，按时睡觉，按时，想起你。想起你，是想起那样一个午后，你刚刚洗了头发，在阳光中晒着，卷曲的黑色长发沁出一颗颗水珠，仿佛它们是有生命的。想起你，是想起一张空白的沙发，你曾经最爱躺在那里，你的形状和质量仿佛都在。想起你，是想起我们第一次见面，你那么冰冷、遥远、以自我为中心，让我想起"看云很近、看我很远"的名句（想起你叫我诗人），我却遏制不住地想形容你，对所有定语都前所未有地挑拣与嫌弃，写出来的字块都配不上你，你的美无法形容。

想起，忘记。

你不在的这一年，说实话，我适应得很快。我们本没有太多交集，你释放出来的空间，就像书页两侧的留白，不会对我的行文造成影响。我这么说你别生气。你怎会生气，这不正是我们从一开始就达成的默契吗？

说个好消息，我的诗集再版了，这真是奇迹，没想到这年头还有人读诗。你总说，我像是个行走的文物，从生活习惯到兴趣爱好都向二十世纪八十年代看齐。没错，我向往那个时代，也喜欢那个时代的诗歌；那是一个诗歌的时代。

马上就到一周年，时间过得真快，一晃三十多年。我禁不住悲伤，想到一晃，再一晃，人生不就这样蹉跎了吗？我感到一觉醒来，我就会变成一位行将就木的老人。还是你幸运，把生命定格在最美丽的年华。你再也不会老去了。只是，孤单吗？不，不会的。我们在一起的时候，也是两个人的孤单，现在分开，可以说各得其所。

可是，你真的一点都不想我吗？

我好想你啊。你知道吗？我常常走着走着停下来，或者枯坐一宿，大脑完全放空，半天才反应过来，我是在想你。你说你不擅长比喻，但我精于此道，我要把这种情绪比作一朵云。我想你时是云，风一吹，就散了。

先写到这里吧。

天就要亮了，你在哪里呢？

凯

P.S. 你爱我吗？

41

见字如面，却再也无法见面。

43

今天是史婧去世一周年忌辰。

我如约来到灵堂看望她，却是以一种唐突的方式，跟我一同前往的，还有一队全副武装的刑警。你真的是恐怖分子吗？你到底在做什么，想做什么？我从未真的了解过你。我距离真实的你越近，就越是把你往绝路上推。你真的爱过我吗？我曾假装有的，你牵我的手，与我水乳交融，这些在其他夫妻之间正常、普遍的行为，对我却是莫大恩赐。但我知道，这不过是你一时兴起，或者出于怜悯对我的补偿，我们一直践行婚前承诺，不干涉，不过问，朝夕相处没有使我们的关系更进一步。之前是陌生人，现在是熟悉的陌生人。你死后却又释放信号，你看我的诗集，写我的诗，还写下"我在这里等你"。你到底在哪里？

我以为会在灵堂遇见史婧，不管以哪种方式，我们最终会相见。我以为，只是我以为。我们没有见到史婧,但找到了"质数的孤独"其他核心成员,将其一网打尽。

"你们来得比我预计的时间要快,但还是晚了一步。"是那个穿着牧师黑袍的司仪。他并不是司仪,而是灵堂员工,参与并主持了史婧的葬礼。高赛调查过参加史婧葬礼的亲朋好友,却忽略了工作人员。"我们又见面了,雪人53号的稻草人。"

"你是雪人23号?"

他微微一笑,予以默认。我冲上去问他:"史婧在哪儿?"

"这个问题我已经回答过你。她无处不在。也许正在银河系旋臂看星星,也许正在你家逗猫,也许,就站在你旁边。"

"不用玩这些文字游戏。"高赛上前给雪人23号戴上手铐,他并不反抗,"你被捕了,罪名是从事恐怖活动。你有权保持沉默……"

高赛带队,把灵堂里的所有人员缉捕归案,当下的火化和祭奠活动全部取消,进行彻查。此举遭到正在举行葬礼的家属强烈反对。他们缅怀死去的人,但如果不及时阻止恐袭,会有更多的人死去。按照高赛的猜测,他们不会善罢甘休,电厂袭击失败,一定还会发起其他攻势。高赛的坚持没有带来配合,反而造成误解。对于那些刚刚失去至亲的人们来说,没什么比让亲人入土为安更重要的事情。警察也是人,也是孩子的父亲、父亲的儿子,他们或多或少都经历过亲人送葬,有些不忍。高赛完全不顾这些,就像冰冷的刽子手,哪怕即将砍下的头颅长在自己颈上,也会不留情面、毫不犹豫地挥刀,义无反顾,视死如归。他抽出手枪,朝半空放了几枪,嘈杂的人群安静下来,开始配合。他们心疼逝者,更害怕变成逝者。高赛露出一双什么都做得出的红眼,不禁让人胆寒。

警队恢复纪律,高效运转。他们把人群分成两拨,一拨是逝者家属,一拨是工作人员。之后他们对灵堂进行搜索,很快,就找到一个特殊的房间。与其说是一个房间,更像是一个酒店大厅。没人想到,灵堂里面竟然窝藏了这样一个超现实的所在。四面墙壁都是一体纯白的板材，看不到衔接拼凑的痕迹，白得有些不真实，一个笔点在上面都会显得十分刺眼。房间遍布各式各样的仪器、大大小小的屏幕、五颜六色的电线，最惹人注目的是大厅中央竟然摆放着一排蹦床。用"蹦床"来形容并不严谨，这些设备的底座都是一个正方形边框，从四个内角牵出对角线，交汇的中心处有一块薄膜。最大的有两米见方，最小的肉眼勉强可见。小杰扑上去，率先研究了最小的设备。他说："真的很大。"

我努力眯缝着眼，才能看清这只很大的微型蹦床。这又不是写诗，搞什么不对称呢？

"不需要借助显微镜就能看到，真的很大。"小杰再次说道，就像收藏家无意中发现了绝世的孤本。

"你很懂啊。"司仪，不，应该是雪人23号对小杰的反应非常满意。随后他告诉了小杰具体数值。

这是一种英雄所见略同的惺惺相惜，否则他不会跟我们解释原理。这张芯片由氮化硅制成，中间是一面高反射率的镜子。芯片上，部件的一次晃动可以使膜振动数分钟，就像推秋千时，只需一次推动，秋千就会来回摇晃十年之久。雪人23号介绍，他们给膜施加了6GPa的压强，这个压强是自行车胎压的一万倍，这张膜的厚度仅仅是DNA宽度的8倍。

"这是一个非常优美的振子！"小杰不时地赞叹一声。

利用激光可让膜进入量子叠加态，以两种不同的振幅振荡。从理论上来说，进入量子叠加态的膜可以成为一个交通工具，加载其上的乘客，便可以进入量子态。他们的实验对象由小到大，最后的目标是成年人。

"最小的是细菌吗？"小杰问道。

"是水熊虫。"雪人23号说完指着另外一个设备，"这个大小适合一只猫。"

"你们到底想干什么？"高赛挟制住雪人23号，想让他如实交代。按照我接触到的其他文学或者影视作品，反派头目往往狡黠而执着，作风一点不输正面人物,他们对于恶的执念有时甚至超过所谓好人对于善的追逐。可是,雪人23号没有按常理出牌,高赛没有用长篇大论或者皮肉折磨,他就一吐为快,把前前后后的铺垫和目的陈列在我们面前。他侃侃而谈,就像一位老师,我们则是求知若渴的学生。高赛想知道恐怖袭击的来龙去脉,我只关心史婧的下落。史婧变成量子态被他彻底坐实,一开始高赛就给我灌输这个观点,我仍然无法全盘接受,这个学科对我来说过于陌生,甚至显得不那么科学。一个人怎么可能既死又活,成为一团概率云,无处不在? 从雪人23号的嘴里说出来,我便没有退路了。毕竟,他们是始作俑者。史婧量子态是整个计划最重要的一环,但这仅仅是开始,是一声发令枪。我没有心思聆听他引以为傲的布局,但迫于他不时提到史婧,我只好从头到尾认真地听下来。

让我和小杰大跌眼镜的是,自由意志真实存在。不管我们相信与否,在量子领域,自由意志发挥着重要作用。最初,他们把非生物送到量子领域,它们一旦遭遇观察者,很快坍缩为实物。第一个进入量子领域的生物是水熊虫,然后逐次放大,细菌、蚂蚁、昆虫、老鼠——这是分水岭,自此以后的生物都能(短暂或长久地)保持量子态,不受观察者影响——猫、恒河猴、猩猩、人类。

"你们的目标到底是什么?"高赛不像刚开始那么大声,反而有些像是乞讨。我不知道这是他的策略,还是被逼无奈,总之奏效了。

"我们的目标是'灰城'。"雪人23号说。

"怎么可能?"小杰说。

"怎么不可能?"

"你们知道'灰城'在哪儿吗?"

"无处不在!"

史婧是最合适的人选,她对数字的敏锐感知力无人匹敌,但她期间想过放弃。时间来不及了,他们只有一次机会,成功成仁,在此一举。史婧为理想放弃个人私欲。所谓个人私欲就是我吗? 她是爱我的,她在乎我,我的存在让她动摇。稻草人也有春天。诗集的掉落是个意外——史婧没有按照计划行事,量子态之后第一件事就是跑回来看我,却无意中被一个弱观察者发现,她当时还不熟悉这种存在方式,就像入室盗窃被人抓了现行,匆忙离开,仓促中落下那本书。(非生物的)书坍缩了。他们知道,警方一旦找到这本书,就能破解密文,攻陷"灰城"的计划约等于泄露,于是将计就计,让警方以为他们只是通过"灰城"交易制造量子计算机的元件,把目标误导至城邦电力网络。电厂、机器装备和挖掘机属于同一母公司,机器设备公司生产的制冷装置大部分提供给墨城各大发电厂,但同时也为存储"灰城"的计算机提供服务。这才是他们的真正目标。通过追踪这批制冷装置,他们发现其中数台被墨城航天局购买,搭乘宇宙飞船送达太空,停泊在一座废弃的空间站。政府在那里藏匿着一个超大机组,用来存储整座"灰城",数据源源不断地补充过去,每天都会产生新的问题,层出不穷。为安全起见,"灰城"的数据传输采用最先进的量子加密技术,某种意义上,只有量子计算机才能破解。这是万无一失的天堑。

"可是,你们根本没有建造量子计算机。"小杰问道。言下之意,他们不可能攻破量子加密技术。

"没错,硬件设备要求太高。"雪人23号说,"但是我们发现了其他方法。"

与此同时,高赛接到上面指示,行动结束。他失魂落魄地听完,颓然地坐在地上。他抓捕恐怖分子的行动取得圆满成功,但是没能遏制他们发起的恐怖袭击。

"发生了什么事?"小杰问道。

"'灰城'被攻陷了。"

"生命诚可贵,爱情价更高。若为自由故,二者皆可抛。"雪人23号被押进警艇,迎接他的将是审判和刑罚。离开之前,他振声朗读道:"每次聚会结束,雪人53号就会背诵这首诗。我一直以为是你写的呢,写得不错,前几天才知道出自一位匈牙利诗人。她真的很喜欢你写的诗,每一首都倒背如流。也是她建议,使用你的诗集作为密文模板。不过别得意,我们大部分人对这些遣词造句没有感觉,只是看重你的诗集没有什么流通性而已。但我们都知道,她对稻草人动心了。"

47

一切都结束了。

我始终没有见到史婧。

灵船只在葬礼时使用,日常探视有殡葬公司提供的飞艇。我再次来到没有开放的灵堂,值守警方给了我特别通行权。我独自来到那座高塔,拾级而上。这里没有安装电梯,许是担心破坏意境。史婧的骨灰在第十七层,她泉下有知一定很欣慰,这是个质数。自从那晚发现她的头发,我每天都期待她再次"现身",我真的很想再见她一面,我想捧起她的长发,想听她叫我诗人。她离开以后,我再也没有写诗。

"莫说一千年前,就算是一百年前,谁能想到死后会升天?"不用回头,我就知道是高赛。

"请别在这里谈论公事。"

"那好吧,你什么时候想听了,我再告诉你史婧的下落。"

"她在哪儿?"我猛地抓住他的衣领,像只暴怒的野兽。

"现在想听了?"

"她在哪儿?"我松开手。

"自始至终,她都是那个不稳定因子,我一直觉得她才是关键,所以盯紧你。事实证明我做对了。"高赛咳嗽一声,"'灰城'就是一颗定时炸弹,没人知道'质数的孤独'把'灰城'藏在哪里,但我相信小杰一定能够查到。只要'灰城'被他们掌握,就能形成震慑。他们想敲响警钟,说这个叫什么剑。"

"达摩克利斯之剑。"

"对，就是达摩的剑。你们写诗的还真是学识渊博。"我看着他，没有发问。他回看我一眼，没等到我的提问，似乎有些惊讶，"自从互联网诞生，以美国国家安全局为首，世界各地情报机构都在争相存储数量庞大的、来自互联网的加密数据。这些数据堆积在一起，组成'深渊'。互联网时代，每个城市都有属于它的'深渊'，墨城的'深渊'即是'灰城'。这是墨城不为人知的一面，某种程度上，是墨城的秘密，也是墨城的本质。这是每个人心向往之又避之不及的所在。以当下的手段无法破解这些数据，他们的目的很简单，等待将来量子计算机发明成功，对'灰城'进行开采。

"'质数的孤独'没有研发出量子计算机，但他们偷走了'灰城'，完完全全，一比特都没剩。问题来了，'灰城'是最早使用量子加密技术保护的数据，他们不可能破解和盗取。直到小杰追踪到失窃线路，才后知后觉。"高赛暂时停下来，"没事，你有什么问题随时开口，反正案子已经结了，我有的是时间。"

"史婧在哪儿？"

"哈，我就知道你要问这个。他们并没有研发出量子计算机，而是另辟蹊径。通常来说，现有的量子加密技术绝对安全。我说不清楚，你自己看吧。"高赛掏出手机，拇指一滑，信息窗口弹到空中一台可透视的机柜中，各个配件的名字标注其上；内设一支激光二极管，发出的光脉冲对准一枚玻璃滤光器，后者吸收了几乎所有光子，平均一次只允许单个光子通过。这些单光子的偏振状态被调整为两个方向中的一个，分别对应比特值 1 或 0。光子通过滤波和偏振调制成为密钥的载体，借助光缆传送到指定的接收方，对光子的偏振方向进行测量，即可将密钥解码。

"小杰告诉我，任何试图截取光子的窃听行为都会干扰光子，使其状态发生改变。"高赛总结道，"如果检测到窃听，就抛弃原有密钥，重新发送。然而，由于光纤对光子的吸收效应，随着通信距离拉长，信号质量就会下降。为解决这个问题，研究人员发明了一种可以接收和重发量子信号的中继器，称之为'可信节点'。所有'可信节点'都放置在隔离、密封的单元，如果有人试图攻入节点，内部设备就会停止工作,同时删除自身数据。'可信节点'成为量子加密技术的又一重保障。为防止人为破坏,通信部的天才们把'可信节点'都投放到高空。这座灵堂上方就有一个。

"就在我们的人都去保护电网的时候,'质数的孤独'偷偷地侵入这个'可信节点'。小杰发现有人用光学设备接入节点中的量子密码通信线路,通过激光脉冲暂时致盲加密设备的单光子探测器。但原则上,他们仍然没法盗取密码,只要他们观测,光子的偏振状态就会改变。不过,这个定律对你老婆无效,她处于量子态。这才是她的最终目的,量子态的她可以观测到原子层面,可以看见偏振光子。她记录下每一个光子发出时的状态,拼出每一个光子的比特值,用她的量子大脑,计算出一个超级大数!

"我们根据这个暴露的'可信节点'确认那个光学设备就在灵堂。我一路找来,跟你不期而遇。看见你,我马上就明白了。"高赛盯着史婧的骨灰盒,确信里面窝藏着危害公共安全的作案工具,"按照规定,我得带走。"

至此,我连史婧留存在人世间的最后一点证据也失去了。

"你还没告诉我史婧在哪里。"

"就在那里,在'灰城',成为首位也是唯一的居民。"

"'灰城'在哪儿?"

"'灰城'不是一座城,它无处不在。"我知道它指"灰城",我却听成了她。"再见了,诗人。相识一场,你就没什么想对我说的吗?"

"有件事我一直没跟你说。"他睁大眼睛望着我,"《长恨歌》的作者是白居易。"

53

我打开史婧生日那天准备的红酒,有意把自己灌醉。

我迷迷糊糊，忽而清醒，忽而醉倒。这让我想起量子化的史婧。我处于似醉似醒之间，跟或生或死感觉雷同。我真的想见她一面，哪怕付出生命代价。为什么那个玩濒死游戏的人能看到她，我却不行？濒死游戏，这启发了我。我早该想到的。说不清脑子里当时在想什么，我只是机械性地（好像有另一个我在体内支配）摸到一根皮带，系在吊灯上，把头探进去。

2、3、5、7、11、13、17、19、23、29、31、37、41、43、47、53……

我只想再见她一面，一面而已。

喵呜。我听见一声猫叫，但我不确定是家里的猫，还是那些被他们量子化的可怜虫。

喵呜。又是一声。

史婧知道自己的命运，义无反顾也好，留恋人间也好，她最后都走上了那条不归路。如果雪人23号所言不虚，量子化的人仍拥有自由意志，而且自由意志成为决定一个人状态的因素，那么既然史婧已经完成了任务，她为什么不坍缩？还是说，她早已决定如此？既然如此，为什么还要重新收养一只黑猫，难道只是掩人耳目吗——就像跟我结婚一样。警察知道这个组织的成员崇尚单身，他们反其道而行，利用婚姻作掩护——不，我想不是，她这么做是希望我不那么孤独啊。

如果我死了，孤独的将会是这只猫。它没有野外求生能力，甚至连捕鼠天性都已丧失，没有我，它该怎么活？

喵呜。它饿了。

我想活下来，但是双手已经失去解下自己的力气。

我的眼皮沉重地合上，世界只剩一线。

我以为我死了。

我听见一阵门响，双腿被紧紧地箍住，有人施加一个向上的力。拯救我的是小杰，"就在刚刚，'灰城' 开放了。"

59

我喂饱猫,坐在沙发上走神。

我尝试抚摸它毛茸茸的脊背,它不再躲闪,我顺势把它捞起来,放在腿上,它没有挣扎。我一直以为它不喜欢我,跟我相依为命只是迫于不想做一只吃了上顿没有下顿的流浪猫的无奈。喵呜。猫蜷在我腿上睡去。我不忍打扰它,靠着沙发休息。过去一年,我早就把客厅册封为主卧。不知过了多久,我醒过来,猫不见了。我四下找寻,最后来到游戏间。我看见那只 Vision,理所当然地,我拿起它戴上。

是一片麦田,远处夕阳正在缓缓地坠落,麦田旁边有一间高高的粮仓。我走到近前,被两扇木门阻拦,提示我需要解开一个大数的质数因子方能访问。数字是 411 302 715 452 203,我立刻写出两个质因子,分别是 20 270 501 和 20 290 703,我们的生日。

大门向两边滑开,我看见了坐在里面的史婧。

"欢迎来到'灰城',诗人。"

第九届"未来科幻大师奖"获奖作品

(责任编辑:姚海军)

星云会客厅

"把石头还给石头"——王元专访

汪旭：王元老师，你好！欢迎来到我们的"星云会客厅"，想以轻松点的方式聊一聊你的科幻创作。恭喜你，《见字如面》获得第九届"未来科幻大师奖"的一等奖。这是一篇优秀的科幻小说，既有科幻技术奇景，也有真挚动人的情感内核。你透露过，这篇作品的灵感源自与妻子的一次夜谈，写的时候也代入了自己去感受永失所爱的痛苦。这些在小说中都能寻找到蛛丝马迹，因为它足够真实，那些或痛彻心扉，或心如死灰的反应，都被写得入木三分。你真的是个感受力很强的写作者。你自己能认同这样的说法吗？

王元：哈哈，这个评价太高了，我想认同，但不敢认领。我觉得写作者在文本中走私个人所思所想是非常正常和自然的举动，身边的人事更熟悉，更容易下手，哦不，是下笔。关于情感的部分，我一直秉承的观点是只有打动自己才有可能俘获读者。所谓感受力，我可以理解为让人共情的能力吗？共情从来都不是一件容易的事，很多时候作者潸然泪下了，读者可能觉得莫名其妙，所以我觉得更好的做法是代入真实情感，而非单纯地复刻经历。真实情感不一定是真实经历，情节可以杜撰,但情感不要作伪。

汪旭:听你这样说,确实是感受力强的写作者才能做到。《见字如面》里把人量子化的设定,之前刘慈欣在《球状闪电》里也有用到。把视野再放大一点,会发现很多科幻小说里都常见量子设定,比如特德·科斯玛特卡的《闪烁者》、小林泰三的《醉步男》等。但是,也常听到读者带有调侃性质的说法,"遇事不决,量子力学",可见这是一种常被使用、但也不容易写好的科幻设定。这篇小说里就用到了人物量子化和计算机量子加密解密手段,请问你写的时候有遇到什么困难吗?

王元:是的,"遇事不决,量子力学"。刚开始写科幻小说,我经常使用量子力学的设定,后来几年没有碰过,直到这篇《见字如面》。我对自己的要求有两个:第一,如何实现人体量子化,要有一个相对自洽的理论作为支撑;第二,量子化后要有更进一步的设定,不能止步于此。在我看来,量子力学已经跟时间穿越、机器人、外星人这些题材一样,只能算作一个标签或者背景。如果一篇小说只是以标签和背景作为设定,它当然也是科幻小说,也可以写得很精彩,但我个人希望能有所突破,至少再往前走一步。这个设定不一定要多么新颖和惊奇,但一定是经过作者思考和拓展的,可以打上独家烙印。如何在量子力学的基础上往前走一步,是我在写这篇小说时遇到的最大挑战,后来结合量子计算机和量子加密传输,形成了这篇小说最核心的科幻设定。故事在设定搭建后也变得丰富和多元。

汪旭:实话实说,我读完《见字如面》之后,总感觉故事还没讲完,罗凯和史婧没能拥有结局,"质数的孤独"也不可能消失,说不定还有更大的阴谋。你还会继续写这个故事吗?

王元:目前的结局是半开放式的。我其实是个悲观主义者,常常给主人公安排残酷的命运。最开始的设计是,女主"死而复生",男主"命丧黄泉",就像《罗密欧与朱丽叶》。但写到后面,写到他们的互动,突然就想更温柔地对待这个世界。这篇文章有三万字左右,主要围绕一次恐怖袭击展开,"质数的孤独"、不修边幅的刑警和天才计算机少年都是这一事件的直接参与者,他们背后的故事需要用更大笔力来挖掘。我已经开始搜集资料，主要仍是量子传输加密与破解方面的科普知识，为扩写做准备。我计划写成一个长篇，对所有出场人物的身世和结局都会有一个完整的交代。另外一方面，也会对文章提到的"灰城"做一个详尽的阐述，但男女主人公最后是否会从此过上幸福的生活，我还没有想好。或者说，我会把石头还给石头，让人物自己做出选择，为他们各自的人生负责。

汪旭：哇，你构思得好周全，希望能很快看到这个更完整的故事。你比较喜欢读或写什么样的科幻故事？

王元：我喜欢读拥有坚实而新颖的设定，经过作者思想淬炼，同时人物比较生动和立体的科幻小说，比如特德·姜、刘宇昆和罗杰·泽拉兹尼的作品。我希望自己的科幻故事在未来某一天也能拥有稍稍媲美这些伟大作品的力量，我将会朝着这个方向不懈努力。

汪旭：我也有了解过一点你的文学审美喜好。你说，更年轻一些的时候，你喜欢刘震云、王朔、王小波，甚至笔名"王元"的"王"字也是从后两者名字里取来的。你是先进行过一段时间的（传统）文学写作吗？阅读这些作家的作品有对你的科幻创作产生什么影响吗？

王元：现在回头看，当初的所谓写作，更多只是一种涂鸦吧，相当不成熟和自娱自乐。阅读这些当代作家的作品的确对我产生了非常深远的影响，成效最为显著的一点是激发了我写作的能动性，在此之前，我对文学没有任何概念，更别提成为一名撰稿人了。当我饥不择食地、一本又一本地阅读诸如《过把瘾就死》《动物凶猛》《怀念狼》《秦腔》《丰乳肥臀》《手机》《故乡相处流传》等作品时，我产生了最初的写作冲动。我曾经梦想过像他们一样写东西，或者写出像它们一样的东西（这么说可能更精准，写作伊始总是有模仿痕迹，我将之称为文学上的"印随行为"），但我失败得非常彻底，只能说是做了文学的开蒙。后来在同学的推荐下看科幻、写科幻，我寻到一种前所未有的视角与视野，原来故事还可以有这么大的尺度，可以是几万年、几万光年，不再局限于人与人之间，可以是人与机器人、人与外星人。我刚开始写科幻小说时，会不自觉地套用之前阅读过的那些文章的笔调，现在回头看，其实有点不伦不类。我应三丰叔之邀，写过一些科幻小说的评论，发表在传统文学刊物上。如果没有科幻阅读基础和储备，写出来的科幻就是那样。所以我觉得，我反而是在逐渐消解之前传统文学阅读对我科幻写作的影响，或者说更高一点的追求——我渴望融会贯通。我个人觉得，要尊重类型文学的创作规律，语言怎么都好说，最重要的是思想要契合。当然，也有好的一面——那些阅读为我夯实了一个理念，就是不管写什么题材，故事一定要落在人物身上，人物一定要落在地上。小津安二郎有句名言："世界就在榻榻米上"，是说任何故事都不能脱离真实生活。我深以为然。科幻确实开发并挑战着想象力，但故事情节的诡谲与绚丽并不是忽略人物塑造的借口。我希望能把科幻和生活拉得更近一点。

汪旭：我很赞同你说的这段话，我把这看作对一个成熟写作者来说必要的自我反思，这里面也包含了你的个人写作追求——力求真实。相信真实的力量，对科幻创作有非常关键的导向作用。

这次《见字如面》里你用到了海子的诗，他是你个人很喜欢的诗人吗？

王元：是的，我在高一的时候读到海子的《日记》——"把石头还给石头"就是里面的句子——从此欲罢不能。我从书店买了一本收录海子和其他几位现代诗人作品的合集，里面大概只有二十多首海子的诗歌，我当时把书几乎翻烂了。那时候读高中，住宿，没有电脑，也没有手机，课外时间大部分用来看书。毕业后，又在网上买了一本西川编的《海子诗全集》，比《新华字典》还厚，放于案头，时不时抱起来翻一翻。有段时间，我非常痴迷于抄写诗歌，每次抄完就传到一个叫"片刻"的网站——那曾是一个文字和文学青年的集散地。我坚持了一个多月吧，每天抄写一首，然后上传，最后以被网友吐槽字写得太烂而告终。海子是我最喜欢的诗人，张国荣是我最喜欢的艺人，这可能是我悲观底色的一重解释。

汪旭：读海子的诗曾经确实是文学青年的爱好之一。或者说，诗歌本身具有的浪漫底色跟文学青年对自由的歌颂和追求不谋而合。诗歌在传情达意、勾勒氛围、以形式展现文字美感方面有突出的表现力，同时，它因为拥有广阔的释义边界而有可能跨越时空，被不同时代的人解读。我印象比较深刻的是以前读到海子的《北方门前》："我愿意／愿意像一座宝塔／在夜里悄悄建成／晨光中她突然发现我／她眺起眼睛／她看得我浑身美丽"。

你还有没有别的偏爱的诗人可以推荐给大家？以及，你写过诗歌吗？

王元：我还记得那本现代诗合集里的其他诗人，他们基本完成了我的现代诗启蒙：舒婷、于坚、席慕蓉、汪国真，好像还有食指和骆一禾，这些都是我比较喜欢的诗人。我对于诗歌其实没有太过狂热和偏执的热爱，看的也都是大家耳熟能详的一些作者和作品，这些作品经常被收录进各种版本的"最美诗歌合集"。

是的，我写过诗。大学时代，我写过很多诗。那时候我的手机还不能登录QQ，所以我用短信编写短诗，"轰炸"关系不错的女同学。由于短信有字数限制，那些从指间弹射的诗歌惜字如金，比用纸笔写就的更加字斟句酌。我也给妻子写过一本诗集，打印出来，装订好送给她作为礼物，但估计现在找不到了。大学毕业之后，我再没有写过诗，我不知道是戛然而止，还是寿终正寝，可能我对诗歌的纯真热望在步入社会的那一刻就消失净尽。诗歌现在以另一种面貌生存在我的小说里。我看过一个观点，说清末那些文人写小说纯粹是为了推销自己的诗词，所以动不动就在行文中来一首。我当然没有诗词值得推销，我希望在某些适合的文章中，与我曾经恋爱过的诗歌来一次简约的邂逅，不留恋，不缠绵。

汪旭：从2014年至今，你进行科幻创作已经有七年左右的时间了。在你的创作经历中，有没有什么闪闪发光的、会始终铭记的重要时刻呢？我总觉得这样的时刻对写作者来说很重要，每到困顿、苦闷、自我怀疑的时候，关于这些时刻的记忆就能跳出来赋予自己一些力量，支撑着创作继续下去。可以分享一下吗？

王元：啊，七年之痒，我有点想写写其他类型了（哈哈哈）。闪闪发光的时刻似乎并没有，获奖当然值得高兴，但我知道，站在领奖台上，只能吸引底下观众几十秒的目光，下来之后，奖项就成为过去式。支撑我创作下去的力量，或者说情感吧,我觉得有两点。第一点要回顾过去,追溯到2014年决定全职写作的时候,那一年,包括后面两年,其实都没怎么挣到钱,万幸当时在家里住,不用考虑买房和租房,妻子也比较支持。我想过,实在不行,还是出去找工作。后来想,为什么不把写作当成工作呢?并不是说把爱好变成工作,就体会不到快乐了。其中的区别在于,爱好一般解压,而工作本身就是"压力"的代名词。成年人总要承受生活的压力,那为什么不可以是爱好带来的压力呢?第二点是未来。我希望有朝一日可以像我崇拜的作家一样,写出真正的、有价值的、能让人记住的作品,最好还能给子孙后代留点东西。为了这个目标,我必须持续输入和不断提高。一个写作者,只有拿出一部这样的小说,大概才可以松口气吧。每个人对于好作品的衡量标准不同,但市场的衡量标准一般是畅销与否。而松口气的原因还在于,可以靠这本书彻底脱贫,给子孙后代留点实际的东西。

汪旭:所以这么多年来,你一直勤奋写作,也数次参赛获奖,保持着创作生命力。写作中短篇科幻小说你应该已经比较得心应手,是一位有成熟技巧的科幻写作者,接下来是不是要集中精力创作长篇科幻小说了?会觉得是新的挑战吗?

王元:不敢说拥有成熟技巧,我没有经过系统的学习和训练,很多所谓的方法都是通过一篇篇文章写作,自动积累和发掘的心得,但我很少总结这些写作经验,导致我写出一篇自觉不错的文章后产生一种托大的幻觉——以后的小说可能越来越好,至少不会比这篇差。事实并非如此,我过去几年写的中短篇比较多,也写得比较快,现在回头看,只能说是良莠不齐。所以我觉得自己的经历远远算不上成功,甚至可以定义为失败。我用了这么多年时间,其实并没有走多远,一方面说明我可能并没有写作天赋,另一方面也反映出我不够勤奋,毕竟我不用上班,每天写作和阅读的时间远远超过那些坐班的作者,他们只是利用业余时间创作,相比之下,我觉得自己更业余。但我还是幸运的,能够通过写作养家糊口,已经夫复何求了(当然,主要是因为我比较容易知足)。这也给了其他立志专职写作的朋友一个启示:这件事并没有那么难,你需要做的是跨出那一步以及坚持前行,最重要的是，找到平衡点。可以拿我的例子当一种鼓励，连我都可以做到自给自足，你们一定也可以。

接下来，我会把脚步放慢一点，中短篇肯定还是会继续写，目前稿费仍是我收入的主要来源，中短篇变现比较容易和稳定。当然，也会逐步开始尝试科幻长篇写作。我之前写过两个长篇了，但都不是很成熟，姑且算是习作吧，而且也没有经验，只是塞入了更多内容进行臃肿地填充。这对我来说还是很有挑战性的，但我愿意接受这个挑战，不管是从个人表达还是长线收益来说，长篇都是写作者必须面对的一座山，只有登上去，才能知道自己究竟可以看多远。我现在的状态大概是刚刚站在山脚下，蓄势待发。

汪旭：你说的都是肺腑之言，很真诚。我很少遇见作者在访谈里坦然地聊这么实际的话题，甚至是把自己的生活剖开给读者看，因为大家好像都默认作者写作是为了理想、为了文学追求，而忽略他们也需要这份工作的收入来支撑生活。这进一步说明，现实生活与创作从来都密不可分。我之前看你的《绘星者》里面就化用了一些现实事件。你会认为我们现在正身处一个充满科幻感的世界，能让你不时地从现实生活中获得一些灵感和想法吗？

王元：我觉得，我们身处一个充满科技感的世界，但是距离科幻感还是有段距离。比如科幻小说中司空见惯的机器人保姆和自动驾驶汽车在现实生活中还远远没有普及，大部分处于实验阶段，更不用说星际旅行和时间旅行了。我获得灵感和想法更多的是通过阅读《环球科学》，那里面的文章比现实世界更具有科幻感，许多技术都可以发展成为点子和设定。在这里跟大家分享一个实用的小技巧：随便找一篇科普文章，提炼出技术点，然后给出一个发展方向，可以让技术提升或者失控，试着把技术点当成人物，让它做出选择。幸运的话，就会得到一篇科幻小说。

汪旭：你分享的这个技巧实操性很强，我有点想试试！最后，请你跟一些已经到来或即将到来的读者朋友们说几句什么吧！关于阅读科幻小说，关于一些人生选择,什么都可以。

王元:科幻小说发展到今天,早已经不再是大众们以为的那样,都是星球大战和外星人入侵,或者说只是以这些为背景来套入别的类型故事。我们现在的科幻更加包容和丰富,能够提供一个新奇的视角,体会另一种时间尺度和空间广度,希望大家多多关注国内科幻作者的作品,比如——我。

汪旭:感谢王元老师接受访谈!这次访谈让我很感动,王元老师是个赤诚的写作者,他回答每个问题都非常认真。希望读者朋友们喜欢《见字如面》这篇小说,也期待早日读到王元老师的新作品!

卡西米尔
之墓

氦　五

　　一艘全新的核动力飞船在淡金色的航道中显得流光溢彩，尾部燃起光束。钳形侧翼的末端，圆形舷窗旁不起眼的地方，刻着"卡西米尔号"的字样。而它的下方，那颗蔚蓝色的星球正安静地目送它的子民背井离乡。

氦 五

　　新锐科幻作家。一个想在因学术研究掉光头发前通过写小说掉光头发的大龄博士。著有幻想长篇小说《光锥之外》。

离 港

"这可说不准……大概需要五到六个月的时间？你也知道,动力测试这活儿,跑一趟不容易,索尔维那边自然期望选择尽可能多的指标。况且,有太多参数的地面模拟测量值存在显著误差……"

一把老式咖啡壶在蒸汽架上发出逐渐暴躁的低语,幸好在泡沫登顶壶口之前被一双手及时取下。手的主人摘下了卡通熊隔热手套,端起一个奇形怪状的土陶杯,让来自南美某个偏僻农庄的氤氲香气自由弥散在这不算宽敞的空间中。

与这惬意氛围格格不入的,是船载智能通信屏幕上一张略带愠色的女性面容。

"所以你赶不上九月的入学仪式了。上帝,我已发誓……"

"奥莉维娅。"控制室中,男人在通信屏前坐下,低缓的语气难掩讨饶之情。可惜由于通信繁忙造成了些许滞后,他没能及时打断女人的话。

"我已发誓不再对凯西失言了,你知道这会对她产生多大的影响吗？她的钢琴演奏会、艺术展览会,你再三错过,甚至她——"

不知是男人的那声呼唤起到了作用,还是她接下来要说的话让她突然哽咽。

他叹了一口气,"甚至她第一次叫爸爸,我也只能顶着三秒多的延迟在屏幕前想象她可爱的样子。天知道那是我这辈子度过的最漫长的三秒钟。是的,我都明白。我不是一个称职的父亲,但至少,凯西拥有这世上最称职的母亲。"

男人说着服软的话，手上却一刻不停。飞船最后的自检和多项校准结果由船载智能推送到屏幕上，再由男人提交给身后不远处的空间站航运中心。而女人显然对他的回答不甚满意，她深吸一口气，"我们是不是不该再对你抱有希望了，阿兰？"

男人停下了动作。这句话让他有些警觉，但也只是一瞬间。

因为下一刻，模拟重力将消失的警告开始闪烁，意味着他负责驾驶的飞船即将脱离空间站。他不得不一口喝完手里的咖啡——烫得他差点儿跳脚——然后迅速而严谨地清洗了这套古朴的饮具。离港前，飞船要排光所有不必要的液体辎重，所以他时间紧迫。

"你是说你们，还是你？"男人没有回头看屏幕。

"我今天去了你父亲的墓。我相信，他会永侍你左右，"女人瞥了一眼男人手里被仔细擦拭干净的咖啡壶，"让你不至于步他后尘——"

"你是在报复我吗，奥莉维娅？"

男人转过身来。他调整了一下藏蓝色工服胸前的金属名牌，上面"阿兰·奎恩，高级动测员"的字样正闪烁着静谧的银色光泽。而在他身侧，蒸汽架和迷你储物柜之间的逼仄墙面上，镶着一组颇有情调的相框。其中一张照片里的年迈男性似乎正要踏上一艘飞船，相框一角用相同款式的金属名牌装点着。不同的是，那上面写着："致索勒姆·奎恩，索尔维航路上永远的英雄"。

"你知道我是什么意思。"女人垂下眼眸，光洁的双手在桌上漫无目的地摆弄着什么，"亚历克说过，你父亲最后一次航行并非——"

男人下意识地碰了碰左手无名指上的婚戒。他突然怒火中烧。

"别再——提到——那个人的——名字！"每有一个词从他的齿缝中蹦出，他就更靠近屏幕一点，直到与那里面惨白的双颊相对。女人红了眼眶。

"你从来没有真正为这个家考虑过。从来没有。"她虽然从屏幕前退开了一些，却依然没有放弃和男人对视。她的头部微微颤动着，似乎真的如她所说，某种长期以来的祈求已经变成了绝望。

男人撑在控制台上的双手逐渐握紧，"不要把我的不闻不问当成默许。你以为我会不知道——"

舱内的灯光突然暗淡。屏幕上显示着离港前最后的通行手续。

"阿兰，我——"女人话音未落，整个通信画面似乎被什么撞了一下。

"爸爸！"

"凯西！"

男人松开了双手，抓住控制台边缘的指节已经泛白。他看着奋力挤进屏幕的女儿，眼中的剑拔弩张在和女人慌忙的对视里消散。后者趁女儿不注意擦了擦眼角，而他则换上了热情的微笑。

"这次要去哪儿呀？"女孩还穿着遍布泥点的工装连体衫。

"金星。你应该在天文课上学过关于它的知识了。"

"嗯。我喜欢金星，它和维纳斯一样美。天文课上，老师还说，我们即将经历一次五星连珠，真有趣。你还会给我摘星星吗？"

"这次的任务几乎都在金星的浓密大气中进行。不过，我会尝试让探测器去地面看看的，你这个喜欢泥土和石头的小脏鬼。"

男人对着屏幕眨眨眼，女孩立刻咯咯地笑出声。

"妈妈说我开学前等不到你回来了，不过你提前给我准备了礼物。"

"是吗？看来妈妈还是那么不善于保守秘密。"

男人重新看向女人，后者一怔，看了眼好奇地回头的女儿，从沙发后侧取出一个小巧的缎面礼盒。

女孩迫不及待地拆开礼物，全然没有注意到男人死盯盒子的眼神。女人显然看到了，这次，她在与他对视前移开了目光。

"天哪，太漂亮了！这光泽不可能是纯银或者常见的合金，一定融合了特别的金属！"

女孩捧着一对款式简单但瑰丽异常的银色指环，语气里除了惊喜还有些许疑惑，"可我现在还戴不上，况且学校不允许佩戴饰品。"

"那就得问妈妈了。"

男人抱起双臂，嘴角带笑。女人有些局促地将指环放回盒子里。

"还记得妈妈跟你提起过，你姥姥，还有姥姥的姥姥的传家宝吗？"

"就是它们？"

"这是我们家族女性的传统，我像你这么大时也经历了这样的交接仪式——"

男人短促地笑了一声，女人不知为何有些心虚地打住了话头。

"可这是你和爸爸的订婚戒指，我还有好久好久才订婚呢！"

"当然，等你找到了值得托付这枚指环的人的时候，就可以将它——"

"啊，那我可以给隔壁班的伊丽莎吗？她是我最可靠的朋友！"

女孩久久没有得到答复，好奇地抬头看着女人。后者在两道目光的夹击下，终于起身说了一声"抱歉"，快步走进了洗手间。

直到显示飞行任务开启的蓝色指示灯在男人的头顶亮起，他才缓缓地开口说道："仅仅是朋友，还配不上它们；但倘若你确定对方是你此生所爱，那么不要犹豫。"

女孩点点头。她身后，女人倚着洗手间的门，眼角泪痕未干。

短暂的沉默被门铃声打断，女人惊慌地看了一眼墙上的时钟。与此同时，门外有人用扩音器喊道："索尔维星航联盟，请奥莉维娅·齐默曼·奎因——"

一阵低沉的机械长鸣传来。男人缓缓地从座位上腾空，通信开始变得嘈杂。另一头，女人将女孩从屏幕前拉起。

"好了，凯西。去帮妈妈开门。该跟爸爸说再见了。"

"祝您旅途顺利，奎因中校。"女孩调皮地敬了个军礼，"别忘了我的星星！"

"保证完成任务，奎因少校。"男人一手抓住椅背，一手回礼。

"阿兰，听着……"

确认女孩跑远后，女人有些焦急地凑近屏幕，双唇一张一合。舱内供电降至起飞所需的低水平，噪音却节节攀升，男人已经听不清她的话了。在勉强分辨出"保险""名牌""安全回来"等字眼后，女人的面容变为一条细线。

缓冲舱门自动打开，男人最后望了一眼屏幕。

索尔维星航联盟港的第 12 号引轨上，一艘全新的核动力飞船在淡金色的航道中显得流光溢彩，尾部燃起光束。钳形侧翼的末端，圆形舷窗旁不起眼的地方，刻着"卡西米尔号"的字样。而它的下方，那颗蔚蓝色的星球正安静地目送它的子民背井离乡。

休　眠

忒提斯海被泡沫裹挟的岸边，海蚀岩巍巍矗立，从空穴中浸出的远方晚霞，将原本五彩的砾石抹上红晕。

在海浪舔不到的某处，背光立着一个男人，头戴一圈银色橄榄枝，只着白色粗布短衣，露出健壮的手臂。他身侧的阴影中，站着一位老者，手持雕文木杖，兜帽长袍掩去了他的身形。男人微微颔首，不知在思索什么，而老者则仰望着似有若无的嫣红银河，左手指向空中某个模糊的方向。

倏尔，男人的金色卷发不再随风飘动，就连浪花也停止了呜咽。与此同时，寂然的念白如咒文般开始回响，"星星，排列好了。"

阿兰·奎恩睁开双眼。迎接他的是刺目的红色日程，最醒目的地方标注着"休眠日"。

自从踏上任务航线，那个梦已出现了三次。不过，今天将是离港两周来最繁忙的日子，他没空理睬。权当是之前陪凯西看动画片的后遗症吧。

解开束缚带,阿兰沿着舱壁滑向控制室。飞船上没有卧室,也没有传统意义上的床。在太空中,基本生活需求有时也变得可以取舍。但咖啡壶和蒸汽架,是他执意要求装配的,虽然一旦离港便无法使用。他已习惯了太空站的下午茶传统,即使没有约克郡红茶,几包咖啡豆也能聊以慰藉。

"恭喜,奎恩先生。一切正常。"船载智能将阿兰的思绪拉回。他刚进行完例行体检。

"是啊,又是没被自己口水呛死的一天,值得庆贺。"阿兰答了一句。也许在地球上和 A.I. 聊天不是一件理智的事,但在孤寂的太空,却十分必要。基于索尔维某些保密条款,任务中的飞船是无权对地直接通信的,所有数据都在空间站进行集散。

想起保密条款,阿兰就一阵头疼。不知是否是他第一次执飞金星航线的关系,本次保密条款的页数是往常的三倍多。离港前他保证三天内看完,可如今他连三页都没坚持下来。

接下来的两小时,阿兰都在完成舱内维护工作,从核反应堆到偏转磁场,从航迹测绘到机械检修。本型号飞船将承担未来星际旅行的领航和探索工作,因此需要进行稳定性和抗压性测试,并在指定地点进行预设的勘测任务。探测器弹射架一切正常,但用于固定和回收的机械臂却显示故障。阿兰只得在到达金星后,选择压强和温度都适宜的大气梯度进行舱外检修了。

空腹工作不是件美差,但这是休眠前的必要步骤。阿兰甚至给自己套上弹力带,打算利用最后半小时做些简单的运动。当然,舷窗旁的跑步机是上佳之选。他逐渐适应了粗重的喘息,望向目力依然可及的地球,突然想起了女儿的话。他命令船载智能打开星图。

行星连珠并没有什么天文学意义,更多只是一个人们津津乐道的观测现象。星图显示,在地球外轨的几大行星确实都将在几周内会聚在一个极小的张角之中,但这也不会对人类活动有任何实质影响。不过,凯西总是对这些罕见的现象很感兴趣。

阿兰做完最后的擦洗工作，来到缓冲舱旁的一个十分占地的圆柱装置前，检查维生液体刻线。

金星航线虽然比常规的月球航线远了不少，但显然还不到需要休眠的程度。索尔维方面的解释很简单——节省维生资源，减轻动力载荷并为未来的远疆航线做准备。但阿兰认为把这些维生液和冷冻液换成水和罐头也没多大差别。

休眠为期五十天。理论上等他再次睁开眼时，维纳斯就将在他眼前，对他微笑。这总归是一件激动人心的事情吧，阿兰这样劝自己。

向船载智能汇报后，空间站稍后将传来准予休眠的指令。阿兰按要求开启了全新的航迹测绘装置，屏幕上照例弹出新装置保险声明。他随便划了划界面，想点击关闭，却突然停住了。

这次的数额有些过分了。就算是整艘飞船加上人身保险，也通常不及这个数。考虑到金星大气中神出鬼没的带状风系和硫酸云，阿兰皱起眉头。他的目光移到照片架上，才发现他已经把和奥莉维娅相关的照片都收起来了，如今架子看着十分萧条。左手拇指又下意识地去触碰无名指，只是这次，那里什么也没有。

休眠指令到达。阿兰除去衣物，在进入休眠舱前犹豫了一下，还是迅速回头取下了照片上的名牌。虽说休眠舱内理论上不允许携带金属制品，但就像飞机起降时的飞行模式一样，现在已经没什么人在认真遵守了。况且在空间站培训时，体内有金属骨骼或者关节的学员，照样被准许休眠。

"致索勒姆·奎恩，索尔维航路上永远的英雄。"

阿兰默念着这句话，双手交叠在胸前，让名牌离自己的心脏更近。视野逐渐被淡绿色的液体填充。在休眠前的最后一刻，似乎有一层黑幕蒙上他的双眼，继而蔓延至整个船舱，直至完全黑暗。

"星星，排列好了。"

阿兰猛地睁开眼。

窒息。这是他的第一感觉。维生液体似乎成了围困他的海水。

故障。这是他的第一反应。一定是违规操作导致休眠舱的内部循环系统失效。

阿兰知道该怎么应对。他缓慢地摸到了休眠舱底部的紧急排液阀，尽量不让被紧急唤醒的肌体运动过度，否则在低耗氧水平下是极其危险的。如果不是机械故障，维生液体会在极短时间内被负压装置排出三分之一。

没有反应。阿兰这才意识到问题的严重性。以他目前的状况不可能着手修复什么机械故障。他几乎可以感到身体的各个器官开始恢复活跃，除了可怜的肺。随着耗氧量的增加，他逃生的可能性将呈指数下降。

拍门是最愚蠢的举动。阿兰漂浮到触控板旁边，发现那儿也是毫无生机。不仅如此，他透过狭小的窗口，看到整个飞船内部都一片漆黑，只有舷窗附近有隐约的红光。

电力故障？看来并不是舱体本身的问题，而是整个飞船的问题。阿兰勉强吸住想要下沉的横膈膜，努力让肺叶保持静止。但这并不能为他争取到多少时间。眩晕开始攻陷他的意识防线，他只能应付得起最后几个动作了。更可怕的是，他没有权衡的时间。

一块金属名牌从他的眼前飘然而过。

等等。如果是电力故障，那么飞船将开启紧急供电回路。这也意味着休眠舱和排液阀本身是没有机械故障的，只是舱外的负压装置失效了，因为它不在紧急回路中。而在许多情况下舱门会紧急开启，其中一种便是——

阿兰抓住名牌，将它塞到排液阀里。

"我相信，他会永侍你左右……"

"别忘了我的星星！"

他闭上了眼睛。

突然，伴随着一阵类似于马桶堵塞的声响，休眠舱的门砰地弹开，维生液裹着阿兰的躯体，像球状果冻一样溢散开来。

但他还没有得救。如果是在零重力环境下，维生液这种黏滞阻力极大的液体内部，对于没有很强活动能力的人来说依然是绝境。

阿兰四下转动眼珠。左侧的液体压力在变小；而相反，右边在变大。液体球在朝着船尾仓库的方向移动，而他的移动速度小于液体球。

飞船处在微重力环境！还好故障发生的时间点十分仁慈，没有偏航。他左手蓄力向外一刺，指尖微凉。熟悉的空气沿着手臂钻入他的周身，将液体球一分为二。阿兰强忍着呼吸道的刺痛，疯狂吸取着来之不易的气体，眼角还带着淡绿色的泪珠。

赞美女神维纳斯。他花了点时间让肌肉恢复记忆，并套上氧气面罩，努力让灼痛的大脑恢复活力。此刻，他抓住平衡杆，望向泛红的舷窗外。

为飞船提供微重力的，正是窗外这颗巨大的行星。它的浓密大气卷起层层风暴，翻滚怒号的云层带着经久不衰的闪电，点亮了它的背阳面。飞船正处在它的阴影之中，阳光将整个星球勾勒成红宝石戒指的模样。从这个角度望去，可以依稀分辨出风暴的涡旋方向，从而大致推断出它与地球相反的自转方向。

一切似乎都证明，飞船已来到近金星轨道。

但阿兰内心有个强烈的念头：这不是金星。

偏　航

然后阿兰才意识到，他在否认什么。

紧急供电回路下的飞船，不足以维持控制粒子流的偏转磁场，因此飞船动力随着反应堆的冷却也将消失。阿兰简单处理了一下身上黏糊糊的液体，快速检查了舱内设备的情况。显然，除了基本的维生系统，包括船载智能在内的所有可交互界面都陷入沉寂，以至于他无法追溯飞船失动的时间，遑论定位。但他注意到有一个装置还处在开启状态。

航迹测绘？阿兰皱了皱眉，将它关闭。临飞前他就被告知，这次的新航迹测绘装置只是测试版，连输出界面都没有，航路的把控还是需要依靠船载智能。

阿兰又来到舷窗旁。突然明亮的红光让他不得不用手遮挡。这次他看到了张开的钳形侧翼和内部伸出的光伏板——它是紧急供电回路的一部分。目前飞船的取位对于发电十分不利，他的首要目标是将飞船绕到向阳面。重启船载智能之后，才能考虑定位和恢复动力的事。

但他还没来得及估算行星半径和环绕周期，就发现了两个更坏的消息。第一是那一摊落到尾部仓库的维生液，已碎成大量液珠，许多备用设施和物资应该都受到了污染。这也是没办法的事，哪怕现在他饥饿万分，也不得不优先进行清扫工作。第二则是——

阿兰目前不得不抓住平衡杆，才能保持自身不向船尾滑落。也许是船身平衡被打破或扰动的原因，整艘飞船的环绕轨道半径正在缩小。虽然微不足道，但对于一位有二十年测龄的动测员来说，这不难感觉出来。他父亲曾是这方面的翘楚，面对那些光怪陆离的近地小行星，只要两分钟，就能估算出行星的基础数据，进而推演飞船的环绕或伴飞数据，仪器反而成了辅助。

就像现在，仪器并不能给阿兰多少帮助。他快速地总结了一下当前局面：没有动力，没有航迹，没有定位，没有通信。他能做的只限于用紧急呼叫按钮向空间站发送求援脉冲，然后手动分析环绕与内缩速度比是否超过阿基米德参数。

然而，这些很可能都是徒劳。阿兰作为训练有素的动测员，对各项故障的应对都很熟练，也已经想出好几种恢复核动力的方案。但他甚至一项都没有去尝试。如果这是他在索尔维时的表现，那他今天就不会出现在这里了。

一切操作的前提是，他还有返航的机会。

如果说阿兰在看到舱外行星的第一眼时，还在怀疑这颗"红色维纳斯"是否是金星，那么在他看到钳形侧翼时，就不得不考虑这样一种可能性——他无法活着回到空间站了。因为所有核动力飞船的钳形侧翼自动打开只为应急一种情况，那就是在紧急失动且光伏发电较弱时收集磁感电流，用以辅助维持紧急回路，聊胜于无。当回路中有磁感电时，侧翼末端会亮起绿色指示灯，就像现在一样。

然而，金星根本就没有磁场。

显然，"红色维纳斯"也不是阿兰所能轻易辨认的任何一颗太阳系行星。他不是偏航，而是因为某种原因遇到了一颗陌生行星。但维纳斯不可能突然变红，太阳系也不会随便招安一颗游荡行星，那么阿兰只能认为，是飞船在他休眠时来到了别的星系，如果这个结论不比前两个更荒谬的话。

但他习惯于从最坏的角度考虑问题。如果情况至此，那么首先，紧急求援不会得到回复；其次，飞船在风暴行星坠毁、他生还的可能性无限接近于零；况且，即使飞出阴影获得舱内正常供电，也很难及时扭转坠落轨迹；最后，假设一切都能回归正常，休眠舱也无法恢复，仓库补给和燃料估计也难以为继。

舷窗外，红色天幕势不可挡地侵犯着阿兰的视线，而他却出奇地冷静。也许在接受了自己的无能为力之后，一切都可以坦然面对了。他重新穿好工作服，仔细调整胸前的名牌，将所有取下的家庭照片又全数贴回。他在凯西满脸泥点、举着一个土陶杯的照片前驻足良久，打开储物柜，摸出一袋咖啡豆。

"你知道吗，凯西？爸爸可能刚刚经历了虫洞旅行，是不是很酷？至于是穿越了许多时间还是许多空间，还是二者兼有，我没法确定。不管怎么说，爸爸这次恐怕没法给你摘星星了。"

苦涩在齿间泛滥。这提醒了阿兰。他卸下休眠舱排液管，从中清理出了他父亲的名牌，将它别在自己名牌的下方。他甚至还照了照镜子，结果被自己过长的毛发吓了一跳。

离港前，他才在空间站理过发，怎么现在是这么个尼安德特人的形象？

"等等。"

阿兰突然意识到他判断中的一个巨大疏漏。

如果电力故障是一切的起因，那么发动机首先失去的是偏转磁场，裂变来不及衰减，反应堆喷出的剩余粒子流会在发动机内随机溢散，引起爆炸，自己不可能活到现在。因此，在失动之前，飞船已经接入了紧急回路。

另一些念头接踵而至。如果主系统电力故障，紧急回路接入，那么在反应堆持续供能的前提下，紧急回路是可以为舱内持续供电的，至少船载智能有足够的时间在削减甚至关闭反应堆之前，提前唤醒飞行员以及向空间站求援。但这些都没有发生，自己是在休眠程序结束后被唤醒的。

也就是说，五十天过去了。但核反应为什么会在停电前就莫名停止呢？难道是船载智能预见到了即将发生的电力故障？

不对。阿兰摇了摇头。这依然无法解释自己没被提前唤醒的问题。他再次回到那个圆柱形舱体前，查看触控板上的工作记录。

然后他呆住了，整个人向船尾滑去。坠落的速度还在增加，但他已经无法思考。他手忙脚乱地抓住舱门，望着总共二十多万条数据，脑子嗡嗡直响。从他开启休眠进程的第一个小时，每两小时都存有一条自检记录，直到——

直到三十分钟前的最后一条。那一条与之前所有的绿色记录不同，它是红色的，上面清楚地标注着："建议报废"。

舷窗将所有装置的影子拉长，舱内安静得出奇。就好像从宇宙有纪年开始，它每一个角落的明灭与寂寥，都被安放在了这艘飞船内，而有一个人正飘浮在万物之中。

阿兰呼出一口气，尾音化作了一连串哂笑。明知道没有任何笑的理由，他却忍不住，直笑到气喘吁吁。

他不是在休眠程序结束后被唤醒，也不是因电力故障被紧急唤醒，而是由于休眠舱中的维生液体失效了。也就是说，他不是休眠了五十天，而是休眠了差不多等于休眠舱的最长使用期限——六十年。

一切问题都迎刃而解了。根本没有什么电力故障。核燃料首先耗尽，飞船进入节电模式，然后是紧急回路接入，船载智能关闭，飞船开始漂流，被"红色维纳斯"捕获，直到休眠舱过期，舱内维生系统重新开启。这大概是史上最糟糕的偏航，比那些诸如将巴哈马群岛误认为印度的殖民航线①更加糟糕。

六十年。自己本该早已是一具尸体了。当然，现在他的一切作为，也很可能只是永恒沉睡中的一小段噩梦罢了。

但他还是忍不住思考：为什么休眠程序会被改写？

破碎的念头从阿兰的脑中呼啸而过。一个声音似乎在对他说："安全回来"。

"奥莉维娅！"他轻叹一声，闭上了眼睛。

然后他又猛地睁开。刚才窗外是不是有个黑点？他扑向舷窗，这才意识到飞船现在的速度有多危险。而他确实没有看错，即使理智告诉他这几乎不可能。

一艘矿船。就在不足80公里的地方。

阿兰熟悉索尔维的各种飞船型号，在如今地球资源紧缩、星际矿业蓬勃发展的背景下，这些装配着醒目的巨大钳臂的货运舰虽然丑陋，却是航路上的常客。但在这一条如此不寻常的航路上偶遇，阿兰实在无法压下心底的阴谋论调，不过眼下求生要紧。

然后他才想起他依然没有通信能力。事实上，矿船的出现并不能从任何角度改变他的现状，只是——

"它怎么做到的？"阿兰望着飞速向他靠近的矿船，脱口而出。

矿　船

阿兰一眼就看出，矿船的飞行模式不合常理。它在没有任何表观动力的情况

---

① 哥伦布受西班牙女王的派遣，开辟了从欧洲前往美洲的航线，但是他至死都以为自己到达的是印度。

下,一直与行星背阳面上空某一点几乎保持着相对静止。就像它在以和"红色维纳斯"相同的轨道角速度,围绕着恒星公转一般。

这打破了一切常识。它应该和阿兰的飞船一样,成为一颗不断向着行星表面坠落的环绕卫星才对。这只能说明它拥有某种尚不明确的动力,且不论在量级还是灵敏度层面,都要超过核动力。这对阿兰来说近乎天方夜谭。

飞船突然发生倾斜,阿兰瞬间从一侧舷窗被摔到了另一侧。储物柜中的物品和控制台上的文件开始飘散,他死死地抓住墙上的平衡杆,爬到控制台检查维生系统。好消息是,由于休眠期间舱内不需要供氧,因此氧气储备充足,温控和气压系统也还凑合,但除此以外,阿兰没有更多的操作空间。而坏消息是,飞船已经开始受到明显的行星大气阻力,进入垂直坠落轨道估计只需要几分钟。

阿兰忽然感到透彻骨髓的无助。他机械性地四下张望着,手指按遍控制台上每一个沉寂的界面。没有求救途径,探测器机械弹射也需要不小的瞬时电能,而飞船连警报系统的电量都被阉割了,因此他也许见证了史上最安静的一场航天事故。他只能以这样弹尽粮绝的方式,被某颗星图上很可能还未标注的行星吞噬。

就在这时,矿船在较高轨道上与飞船擦身而过,如同身着黑袍的死神,凝视着即将坠入深渊的猎物。身后,双眼泣血的维纳斯向飞船张开了残臂。

但阿兰全然忘记了自己所处的险境,就好像两秒钟前的慌乱只是梦境。他刚刚确认了两件事。

一是,这艘矿船似乎是休眠船,没有任何主动操控的迹象,只是按照某种预设的动力程序在循环维持自己的轨道,因此指望对方发现自己是徒劳的。二是,矿船周身周期性地被一种黑色烟幕笼罩,使它看上去光怪陆离,有时像被透镜扭曲,有时又像被打上了马赛克。

矿船随着飞船的加速坠落,又缩小成了天边的黑点。

不是偶然。阿兰将指节插进蓬乱的头发里。他想起了曾与父亲在月球航线上伴飞的场景。索勒姆·奎恩指导自己儿子的时候总是分外严厉,遇到诸如矿石碎屑之类的紧急事件，他习惯了动作快于言语、身教优于言传。年轻的阿兰不得不学会密切关注父亲飞船的动向，在对微操的模仿中，化解了一次又一次危险。以至于他从索尔维毕业时，已经熟记了他父亲飞船往每一个角度偏转时，所要传达的信号。

未知的动力，周期性的烟幕。它是不是也在传递着某种信号？

凭着动测员的直觉，阿兰认为黑幕与动力的周期很可能有联系。但他已经失去了与矿船发生任何形式交流的最佳机会，一切分析都是白费力气。

然而真的是这样吗？

阿兰的目光绕过漫天飞舞的纸片，落在了休眠舱上。

黑色烟幕。原来，那不是休眠前的幻觉。他很想仰天大笑，却不小心被口水呛得咳嗽连连。他早该想到的。既然矿船是他能辨认出的型号，又同时出现在这里，那么一定会和他以某种方式产生联系。而他休眠前看到那弥漫整舱的黑幕，很可能就是矿船上的诡异动力来源。

那么，矿船能做到的事，他也能做到。虽然他在索尔维的培训成绩并不拔尖，但在危机应对方面，他自认难逢敌手。

想要重启休眠舱，必须绕过报废程序。这对阿兰来说不是难题。他艰难地从一团糟的仓库里找到了破译机，通过触控板成功地进入后台，并搜索到了一段联机协议。休眠舱的启动程序确实赋值了某项陌生操作，但阿兰发现即使绕过报废程序，这项操作也依然报错。错误显示是终端无响应。

"该死。这破船上还有什么终端可以响应的？"

舷窗已是一片血红。如果进入风暴层，一切就都结束了。阿兰努力朝控制室爬去。重力越来越紊乱，刚经历长时间休眠的身体还不能胜任这样的工作，但他咬住破译机的接线，手脚并用，终于回到了控制室，望着那些他再熟悉不过的操作面板。

是它们中的哪一个负责执行了休眠舱的奇怪指令？难道只能靠赌？

不对。它们中只有一个，还能够在紧急回路中开启。

飞船发出一阵剧烈的震动。阿兰感到晕眩极了。他拍了拍自己的脸，强行振作起来。破译机接入了航迹测绘装置的面板。

"果然你保价这么高，是有原因的。"阿兰微微一笑。但十秒钟后他笑不出来了。这个所谓的航迹测绘的后台与休眠舱的完美契合，但阿兰依然无法启动它。他真想再扇自己一耳光——他之前为什么要把它关上？

这次的报错为"启动电量不足"。

阿兰顿时醒悟。维持装置所需的电量通常比启动它所需的瞬时电量要低许多，看来这个伪测绘装置也不例外。现在的问题是，如何获取瞬时电量？

显而易见的操作自然是关闭维生系统。但这是个生死赌注。维生系统消耗的电量不一定能补足亏缺，况且即使足够，测绘装置消耗后的电量不足以再次开启维生系统的话，也不过是饮鸩止渴。

阿兰的手指悬在维生系统面板上。在他终于拿定主意的瞬间，一个声音在舱内响起。

"阿兰·奎恩，欢迎回来。"

是船载智能！阿兰几乎要热泪盈眶。

"电力恢复了？"他屏息问道。

"正在分析能源配比：光伏电 62%，磁感电 38%。后者占比持续上升中。"

阿兰这才找回了自己的呼吸。原来他无形中选择了一个更凶险的赌注。飞船加速坠落，行星磁场随高度降低而显著增强，这两者都意味着飞船所能收集的磁感电越来越强了。他的犹豫，其实赌了一个阈值。既然船载智能优先恢复了，那么——

"帮我准备缓冲舱，然后关闭你自己。啊，等一下——"

测绘装置也顺利开启，阿兰在连接休眠舱面板时，还是忍不住问出了那个他难以释怀的问题："我们位于星图上的什么地方？"

"航迹恢复失败。线路比对失败。空间资料库调用中。开始进行星系扫描。"

"好了好了，还是关闭吧。"阿兰后悔万分，赶紧阻止船载智能，"我让你节约电量，不是让你浪费——"

"星系扫描完毕，开始进行邻近星系比对——"

"快关机！"阿兰几近怒吼，警报却盖过了他的声音。随着休眠舱开启，那片黑幕开始在飞船周身弥漫。他用最后的力气双脚一蹬，滑进缓冲舱做好防护。在舱门关闭的一瞬间，一道闪电在窗外不远处炸开，而他最后听到的是——

"比对成功。当前行星：沃尔夫 359–B[①]。"

然后一切归于沉寂。

阿兰与缓冲舱内漆黑的四壁对视。从这里看不到外界。时间还在流逝，但他不敢贸然行动。

成功了吗？

没有被风暴和闪电席卷自然是好事。但阿兰迟迟没有感受到任何明显的加速度，这使得躲进缓冲舱的行为变得十分可笑，也让他无法确认自己是否已经脱离险境。毕竟，开启测绘装置前，他没有时间去研究如何设定航路，只能祈祷这个怪异的装置能够将他带离这个鬼地方。

阿兰解开束缚带。他轻咳两声，却被眼前的血珠挡住了去路。

他用手摸了摸嘴角。一片血红。铁锈味在齿间弥漫。阿兰很快从大脑发蒙的状态中恢复，并迅速用亲水材料制成的软板吸附了所有的血珠。从深度休眠中醒来的机体在承受了过高的运动强度后，血液有可能冲破脆弱的黏膜。这是正常现象，他告诫自己。

门无声地开启了。他首先被舷窗外隐隐的红光吓得打了个转。但显然，这时

---

① 沃尔夫359是一颗小且昏暗的M型红矮星，位于狮子座内，与地球的距离只有大约7.8光年。沃尔夫359–B和沃尔夫359–C是它的两颗行星。

的红光比他坠落时的要淡了许多,甚至可以说,回到了他刚结束休眠时的水平。这使他意识到,也许"红色维纳斯"本身就是预设目的地。

篡改休眠程序、预设目标星系的人,究竟是什么目的?

阿兰强迫自己不去思考这个问题。六十年过去了,某些事情已失去追究的必要。而更有现实意义的议题是,黑色烟幕所代表的动力及其操控方法,究竟是什么呢?

然后,他就看到了它。它消失,然后又再出现,周期与矿船上的如出一辙。这才是到达目的地后,飞船本该处于的状态,如果不是他关闭了那个该死的测绘装置的话。

阿兰开始感到一阵寒冷。

投　影

这不是心理作用。空气稀薄,气温骤降。

阿兰顿时警觉。和矿船一样,如今飞船几乎与行星保持相对静止,也就是失去了磁感电的供给。再加上黑色烟幕的能耗,飞船一定处于极其缺能的状态,很快就将完全断电。

只是他无论如何也不会想到,一个测绘装置会在紧急回路中拥有比维生系统更高的优先级。

必须想出解决办法。阿兰反复默念着,就好像这是他在索尔维的最后一场考试。没有被休眠、坠机和陌生动力打倒,他又怎能栽在区区维生系统上? 而长远之计,绝不是这艘积重难返的飞船,他只能寄希望于——

不到200公里的地方,同一高度上,悬停着那艘矿船。它能带给他多少希望? 阿兰没有把握。

重新接入测绘装置后台，他没有发现关于动力的具体描述，但找到了控制飞船前进的方法——重设坐标即可。看来这个所谓的测绘装置还真的带有一定的测绘功能。阿兰不禁苦笑起来。

根据简单的微扰法，阿兰确定了飞船与矿船相对行星质心的角坐标。他忐忑地输入了前进指令。

黑幕扭曲了视线。几秒钟后，矿船瞬间出现在右侧舷窗外，占满了整个天幕。阿兰总算明白为什么船载智能的航迹比对会失败了。黑幕驱动下的飞船，可能压根儿没有什么航迹，更没有加速度。他小心地调整着飞船的取位，让黑幕出现频率与矿船吻合。果然，他的判断没有错，黑幕动力相较核动力，操控性能不是一个级别的。两艘船的接驳通道，很快就对接在了一起。

没有认证程序？阿兰的内心再次升起疑虑。如果是弃船，便没有必要维持黑幕动力。而如果是休眠船、航标或补给站，船的主人竟然没有对访客设限，至少在他生存的年代，这是极其不寻常的。但有一种情况符合这种操作。

阿兰曾去过月背航线上的一处太空公共博物馆。那其实就是数艘开放的废弃矿船残骸，据说是繁忙的月背航线启用初期，由于调度失误和疲劳驾驶共同引发的一场大型"交通事故"的遗迹。经此事件，索尔维高层迭代，航路重新规划，当权者决定保存还未清理的现场，作为永久的警示。残骸内原本只留有一些祭奠亡者的信物，但随着参观和探索的人越来越多，大家也纷纷向残骸里放置一些没什么价值、却不太常见的小玩意儿，例如颜色奇异的陨石碎块、造型别致的废旧零件等，逐渐演变成了如今公共博物馆的模样。那里甚至还举办过两届太空艺术展。

眼前的矿船，也是一段被刻意保存的过往吗？

没时间犹豫。舱内氧浓度开始断崖式下降，阿兰只得快速套上企鹅服，打开接驳舱门。

透明的接驳管道内，阿兰第一次看到了"红色维纳斯"——也许现在该称它为沃尔夫359-B——的全貌。浓烈的玫瑰色风暴让他不禁想象，它的向阳面该是多么绮丽。他注意到,这颗行星的直径比金星小了不少,但和金星一样没有卫星,是个孤独的美人。在矿船的接驳舱门前,阿兰深吸了一口气。

沃尔夫359。虽然不比大犬座 α 星之类的如雷贯耳,至少也是一个在星图上有名有姓的红矮星了。

"希望你的餐吧还没有打烊。"阿兰旋开了舱门。

舱内出乎意料地整洁宽敞。应急灯闪烁着温和的黄光。

面板显示,舱内各项指标都十分稳定,根本不像是废弃矿船。阿兰突然有一种私闯民宅的错觉。不过,他也顾不了这么多了。

"有人吗?"

他脱下笨重的企鹅服,装模作样地打了声招呼,然后一个鱼跃扑向仓库。在撞飞了满满一排牛肉罐头后,阿兰抓起一袋类似红烩土豆的速食,开始狼吞虎咽,甚至来不及查看保质期。

"好辣!"阿兰使劲往嘴边扇风,举起包装袋查看,"宫保鸡丁?"

对于六十年没吃饭的人来说,这可不是上佳的选择。阿兰拧上封口,开始四处找水。一路摸到控制台旁,他意外地发现这里也有一小块地方被留出来,作为简单的茶水间。储物柜里有好几袋纯净水,而就在阿兰打开吸管享受这来之不易的甘霖时——

"欢迎,远方的客人。"

阿兰一口水喷向一个突然出现的蓝色人形。与此同时,舱内主照明渐次亮起,晶莹的水珠在控制台前悠悠哉哉地化作一道闪烁的微型银河。

"呃,我,这个……"

阿兰就像被抓现行的小偷一般窘迫。动测员的素养让他第一时间意识到,必须优先处理水珠,否则后果也许是灾难性的。他四下看了看,不顾那个蓝色半身人形,顺手抓起刚刚脱下的企鹅服头盔。

"我只是——啊对，路过。"阿兰手忙脚乱地收集水珠，就像在用网兜扑一群蝴蝶。而人形并没有什么过多的表示，只是背着手站着，盯着他略显滑稽的动作，直到他把控制台前弄得一团乱。

"检测到游离水。负压软管在储物柜下方。"它如是说。

阿兰尴尬地放下头盔，找到那个像吸尘器接口一样的装置。一阵嗡鸣后，游离水危机总算解除。然而沉默让他越发心虚，他小心地观察着。

显然，蓝色人形是控制台前一个三维投影装置投射出的影像。阿兰只能推测它是以矿船主人为原型设计出的船载智能。但三维投影在他的印象中还是昂贵而又鸡肋的技术，商用和民用船上几乎不可能用到。

虽然投影的分辨率不高，但阿兰还是能看出，这是一个身着实验服的年轻亚裔男性，身材偏瘦，面容英俊，头发打理得一丝不苟。阿兰有些局促地理了理自己的乱发。

"抱歉，打扰了，我可以先填饱肚子吗？"

没有回应。亚裔男子的目光随着他飘浮的轨迹缓缓地移动着。阿兰有些讪讪。自己为什么要对一个 A.I. 卑躬屈膝？他转身回仓库取了一个牛肉罐头，努力忽略那道目光。那目光除了礼貌与疏离外，似乎还有一点点——

肃穆？阿兰琢磨着，小心地咽下一口肉。这牛肉罐头比他吃过的任何太空食物都要美味许多，虽然质地还是容易下咽的软烂肉糜，但风味却明显改良过。

阿兰绕着主控室飘了一圈。控制室两侧各有一扇舱门他无法打开，除此之外，包括仓库、钳臂操控室、发射井、休闲运动区等，都是开放的。他留意到发射井内有一个小巧的探测器，但和巨大的井下容量比起来，总觉得不甚匹配。

中控系统显示这是拉尔森二系矿船，依然是索尔维星航联盟的作品，只不过非常年轻，工艺先进且价格不菲。而能将船载智能改装成自己的模样，说明矿船主人拥有该船完整的所有权，因此投影中的这位亚裔小伙子一定是——

索尔维哪位高层人士的第一顺位继承人吧。阿兰愤愤地想。

提到索尔维,阿兰突然想起了月背太空博物馆。那里的中控室作为祭奠飞行员的独立空间,也有一个这样一言不发、只对来访者表示欢迎的 A.I.。如果你想了解逝者的更多信息,需要说出诸如"我想听维克多·萨尔瓦多的生平"的请求,在捕捉到"姓名""生平"等关键词后,A.I. 会在指定地点播放逝者的生前影集和文字资料。

由此衍生出的一种颇受争议的流行文化,也就是太空墓葬,便是将逝者的骨灰装在轻巧的探测器中,用光帆送往星系之外,至少能漂流到奥尔特云。但这项业务还没开展,便因星际污染和资源浪费的指控而被紧急叫停。

没带破译机,阿兰只得尝试与船载智能交流。如果想知道 A.I. 的身份,直接问"你是谁"是一种冒险举动,因为你永远不知道它们会不会因此而陷入哲学困境,甚至死机。特别是对于六十年后的 A.I. 来说。

"你的设计者叫什么名字?"

男子依然无动于衷。不过阿兰记得,访客和博物馆 A.I. 交流之前需要提供自己的登记序列。他绕过投影,在控制台上找到了访客登记屏,阿兰·奎恩这个名字返回了三百多条搜索结果,却没有一个是他自己。他又加上了自己的中间名,这次干脆显示查无此人。

阿兰皱了皱眉。但为了那渺茫的返航希望,他必须继续尝试。

在看到中控系统身份识别器后,他眼前一亮。如果是索尔维的飞船,那么任何一名在职动测员都有权调用飞船的自检和维修界面,只需要该船动测员的授权即可。鉴于这是开放矿船,后面这一步应该可以省去了。

名牌在识别器的蓝光下闪烁。没有任何反应。阿兰叹了一口气,转过身,却愣住了。

那个本该背对他的男子,此刻正面带微笑地望着他。

"阿兰·奎恩中校,尊敬的初代列星者,欢迎来到秦松的墓船。我是他的墓志铭。"

秦　松

"你叫我什么？"阿兰下意识地握紧了手中的名牌。

"请说出你想了解的关键词，方便我调用合适的词库。"

所以三维投影并不比传统 A.I. 聪明多少。阿兰反复回想那个他从未听过的词语，呼吸变得急促。

"列星者是什么？"

"抱歉，为了保证聆听体验，请从初级词条开始逐一选择。"

男子的手掌上方出现了一幅由词条组成的树状图。位于末端的词条显然都属于高级词条，目前处于锁定状态。整幅图只有最靠近根部的一个词条亮着。阿兰有一股返回飞船找破译机绕过这个啰唆的解锁程序的冲动，但还是忍住了。

留在这里一分钟、一小时，抑或是一年，又有多大区别呢？

来到这个星系以后，阿兰找回了保持冷静的一贯方法：不去思考那些容易让他失控的事，只专注于当下。如果没有这样的习惯，他不可能在索尔维干满二十年，也不可能把和奥莉维娅的关系维持到现在。当下最乐观的想法是，鉴于墓船还有核动力用于供电，仓库堆放着食物，舱室也保持着清洁，如果它不是恰好刚刚建成，那就是定期有人前来维护或祭奠。这是个好消息，不是吗？

他回过头，努力念出那个十分别扭的音节。

"Chin-Song？"

既然这是我的墓船，那么让来访者从我的墓志铭听起，应该不是什么过分的要求吧？

"我们是宇宙所有历史的记录。"

恭喜你，听完了。不明白？那么请在下一级词条里寻找答案吧。

对了，我叫秦松。是 Qin，不是 Chin，请注意中文发音。至于身份，我想你已经看出，我是一名实验员，曾就职于索尔维星航公司下属的克拉伦登太空实验室。如果你的拜访之旅不幸止步于此，那么请大声地重复以下语句，届时灯光将指引你离开——

"我是个没有耐心、不学无术、只愿坐享其成的恐怖直立猿。"

阿兰摇了摇头。看来这位中国实验员的脾性，与其彬彬有礼的外形不太相符。他在"研究"与"生平"中，果断选择了前者。虽然肯定需要忍受一段枯燥的说教，但他对秦松的家庭和成长经历实在没有兴趣。况且，他始终没想通，自己被流放到陌生星系，和一位已故学者之间，能建立什么联系。

控制台左侧的舱门打开了。

欢迎来到我的实验室。你的眼光不错，选择了直入主题。当然，这不妨碍你随时返回上一级词条，看看你错过了什么。但人生却不能如此，不是吗？

我从未后悔我的职业选择，因为它是我短暂一生的基点之一。分子工程是我生命的燃点，是我塑造世界的基本方式。这并不代表我比那些以吃喝玩乐为燃点的人有更多优越性，因为世界和这艘墓船一样，本就是开放的，每个人的不同角色都至关重要，即使某些角色在目前的环境下看不出有什么卓越贡献。异质性是对抗不确定性的重要手段。

鉴于我无法在此囊括所有细节，我只能尽量考虑化学基础薄弱的听众，用最简单的原理介绍我最擅长的领域。相信我，你会不虚此行。对于那些提前感到烦躁、又想解锁下一级词条的听众，请把我当成背景音，在我的实验室随意参观吧。如果你对五颜六色的液体感兴趣，并致力于调一杯鸡尾酒喝下去，我也不会反对。

那么，开始吧。

我的研究领域，是一个叫作超分子自组装的奇妙分支。

世间万物都有其原子层面上的组成。从亚原子尺度往下，就不再是化学所关注的内容了。而如果把这个尺度往上推，化学能管多宽呢？你首先想到的也许是分子，那我们就从分子讲起。毕竟，它是分子工程里所有上层建筑的基石。

原子如何构成分子？就像两个手拉手的孩童，它们之间必须建立某种相互作用。这些原子之间的相互作用——对于有化学基础的听众来说——一定不陌生，它叫作"键"。你也许能立刻举出许多化学键的种类，例如依靠静电作用的离子键、依靠共用电子的共价键。想要形成稳定的相互作用，每个原子都必须和微观世界的流通货币——电子打交道，而电子的重新分配，便意味着分子存在极性。

那么在原子构成分子后，分子间的相互作用又何如？这恐怕会难倒一部分听众。但只要你具备基本的归纳和推理能力，便不难做出一些推测，而这些推测很可能与真实情况十分接近。例如，看到离子键你能总结出什么？一正一负的东西，总是愿意吸引的。很好，因此分子如果存在极性，那么它们之间一定有类似的作用力。

恭喜你成功预言了范德瓦尔斯力，而这不需要你有多少化学基础。以范德瓦尔斯力为代表的所有分子间作用力，如今都用一个十分直观的名称来统筹——"次级键"，表示它们比原子之间的作用力要弱一点。

想法更活跃的听众也许会问，原子间可以共享电子，那分子间可以用它来形成类似的作用吗？恭喜你，又成功发现了配位作用、氢键、芳环堆积等一系列分子间作用力。你不需要知道它们具体意味着什么，但你抓住了它们的本质。而描述事物本质的语言，通常都是浅显的。

这才是我的目的。

现在，我要你试着去理解超分子自组装。和两分钟前相比，是不是就不会显得无理取闹了？

从分子尺度再往上，我们似乎就直接来到宏观了。再小的沙砾我们也会默认它是宏观物体,但一粒方糖溶解在咖啡中,我们就说,它在分子层面上被分散了。在这二者之间,真的没有什么值得我们研究的尺度了吗? 显然不是。

超分子登场。那么多种分子间作用力,一定可以将许多分子构建成更加有趣的微观结构。如果你明白原子可以构成分子,那么你就一定能推断出,分子可以构成超分子,或是由你选择的某个更炫酷的名字,而不是一步跳到我们所能直接感知的世界。构建这种微观结构的过程——没错,相信你的直觉——就叫作组装。

现在,你面前的障碍只剩下了最后一个词。而它一定难不倒你,因为它更直观。如果一些分子因为某种原因,可以自发地形成某些结构,你就可以称这些结构为"通过自组装过程而形成的超分子"。

你一定好奇,化学家们光折腾原子和分子还不够,为什么要折腾超分子? 这也是我入行时的困惑之一,但事实上,这个问题的答案比想象中简单许多。

因为环境在恶化,人类的需求在进步。

而糟糕的是,二者之间,通常是正反馈关系。

阿兰没注意讲解已经结束。事实上,他在原子那里就失去兴趣,开始翻起了实验室中留存的文字资料。他没有打开任何电子文档的权限,然而秦松有手写实验记录的习惯,给他提供了不少阅读材料。不过,想要在繁杂数据和陌生术语之中找到有用信息,不是一件容易的事。

下一级关键词给了他一些提示。"纳米铁轨"这个词在秦松的手稿中反复出现。他似乎在设计一种具有固定组装模式的超分子,让其中的长链自发排列成铁轨的样子,并引导另一种分子在上面运动。这主要依靠了某些金属的催化性质,以及某些分子间作用力……

阿兰烦躁地将手稿扔在一边。这劳什子有什么用? 他究竟是为什么登上了这艘矿船? 他原本以为会很快听到一些关于宇宙学的内容,没想到这个人却唠叨着毫不相关的化学知识。

他决定不再留在实验室，而是回控制室寻找解锁中控系统的方法。之前他就发现，中控系统与它印象中的拉尔森二系有明显区别，显然是更新换代过，这也意味着他的破译机大概率不管用了。然而，他的名牌能够触发 A.I. 交互这件事，实在可疑。什么样的程序会认可一个资料库中不存在的人呢？

或许更好的问题是，这样的程序，究竟出自谁之手呢？阿兰看了一眼秦松的投影，总有一种十分别扭的感觉，至于哪里别扭，又暂时说不上来。

看来这个二元决策树的游戏还是要继续进行下去。既然"纳米铁轨"已被排除，阿兰只好敷衍地喊出了另一个关键词。

"卡西米尔效应"。

然后他愣住了。

涌　现

在这个分支里，我不会细讲我和索尔维的关系，以及我枯燥的流放史。简而言之，他们认为我背叛了星航联盟。而客观来说，确实是我的一个偶然发现将自己送上了末日的飞船。这个故事的起因有两个，你选择了其中一个。

对超分子的研究很快就过渡到了新型材料的研发。通过分子层面的设计，让它们的某些组合能够达到自组装的效果，并形成我们感兴趣的宏观性质所需要的结构和功能，这件事成为我肩上的重任。

包括克拉伦登在内的一系列太空实验室，对化学研究者都不甚友好，比如烦琐的分液和旋蒸操作，以及手感别扭的太空笔等。但失重也不全是坏事，至少在超分子自组装等特殊的研究领域，失重条件下液相中不同相的分散行为，能够让它们更容易地创造出适合组装和操控的环境，也就是我们所说的微观相分离。

卡西米尔效应就是在这种条件下引起了人们的注意。这个原本在量子电动力学中与世无争的现象，竟然被化学家们玩出花儿来，成为他们进军应用宇宙学的武器。

依据量子场论里"真空不空"的理论，真空中两片中性金属板之间会产生吸引力。这是经典理论无法解释的现象，因为这种吸引力比万有引力大了许多个数量级。通俗的解释是，金属板限制了它们之间的真空量子涨落，一部分波段被"挤"出去了，因此表观上，内部的能量低于外部，形成"负能量"区间，导致两块金属板被挤向中间。这就是卡西米尔效应。

你可能有些晕。量子什么的，不是极致微观的理论吗？化学比它稍微好一点儿，可和宇宙学相比，那也是微尘之于鲲鹏，它们是如何交错在一起的？

相信我，这种宏微交替的思想，值得作为墓志铭。卡西米尔效应的力量在于，它太巧了。

巧的是，它正好在亚微米和纳米级别——也就是分子、原子级别——成为主导力。更巧的是，它制造出的负能量，正好是曲率引擎所必需的配置，而后者正是我们征服星辰大海的最后武器。宏观和微观，就这样交替在了一起。

可惜，这恰好是他们不愿意让我公开谈论的领域，是我"不该知道的事"。

通过与纳米铁轨类似的技术，可以制造出并行的单层金属膜阵列，然后在合适的冷却技术——在宇宙空间中甚至不需要冷却——与外加势场的帮助下，让阵列进入玻色－爱因斯坦凝聚态。这种奇异的凝聚态可以保证金属膜稳定创造可观的负能量场，并通过势场安插在飞行器周围，维持亚光速飞行所需的时空泡。

曲率飞行的方式不仅经济，还没有相对论效应，索尔维自然势在必得。虽然按照初始的设计来计算，只能勉力维持十分之一光速，还是搭了宇宙暗流的便车，但目前对于负能量排布的优化已经显现出了乐观的提速趋势。

既然我们在这里相遇，那么我应该可以假设，你已经见过负能量场了。如果你对那片黑幕足够熟悉，就请移步下面的词条吧。

卡西米尔。

阿兰反复低语着。这个词他既熟悉又陌生。熟悉是因为，他作为飞行员，不可能不知道自己飞船的名号；陌生则是因为，这个词从秦松口中，以他不敢想象的语境，被重复了太多遍。

也许，这项测试任务，从来就没有归途。

可如果只是让自己冒险试飞曲率引擎的话，他们总要有个验收环节，至少要确认自己是否达到目标点、引擎运转状况如何，等等。可是沃尔夫359除了秦松的墓船，只余一片死寂。

阿兰又拿起了秦松的手稿，仔细地翻看。秦松是对的。如果只想坐享其成，就不配得到救赎——如果这里还有救赎的话。

新的词条对阿兰来说依然没有选择困难。"曲率引擎"他早已听闻，具体原理也不过就是扭曲时空那一套。人类在制造出核动力飞船后，载人航天的主要疆域依然被限制在太阳系以内。除了不断优化核能利用率，新动力的研究自然也被提上日程。

不过在他的印象中，索尔维早就提出了所谓的时序保护机制，在全球范围内禁止任何可能造成超光速时间悖论的装置的开发。研究者也曾论述过，人类无法造出能够抵御负能量场中强烈的霍金辐射的材料，从而无法实现对负能量的宏观控制，后者需要某种难觅其踪的奇异物质。现在看来，那个什么玻色－爱因斯坦凝聚态就是人们要找的奇异物质。索尔维的说辞，也不过是一种垄断罢了。

而在六十年前，曲率引擎技术已成熟到可以带他飞出星系。如果按照十分之一光速来计算，自己差不多是刚刚到达。

阿兰闭上眼睛。他们从一开始就没有让飞行员活下来的打算，更没有想过要对飞船进行回收或者测试。所以，他才必须在不知情的情况下登上这艘属于他的墓船。也许正如她所说，他真的踏上了父亲的老路——

奥莉维娅，你知道的，对吗？

他睁开眼睛,盯着剩下的那个词条。一阵猛咳袭来,阿兰发现自己的鼻子也开始流血了。他重新拿出储物柜里的负压软管。

"涌现性",多么迷人的选择。如果是我,也无法抗拒它的吸引力。

既然你选择暂时放弃研究细节,那么我们就从相对抽象的角度来开启对研究意义的讨论吧。

超分子体系能够具备其任一组分的单一分子不具备的性质,本身就是对于"涌现"这一宇宙中最激动人心的现象的诠释。或许你有更好的例子,比如水为什么可以打湿毛巾,蚁群为什么可以具有智慧,等等。

还记得我们关于尺度上推的讨论吗?从超分子开始,我们其实已经来到了生物大分子的尺度,再往上,就将遇到细胞、器官、复杂生命体。这之中涌现出了多少它下级尺度不存在的功能和性质,这里不再赘述。即使到了十分宏观的尺度,例如在由人类组成社会和国家的过程中,我们也长期沐浴在涌现的光辉下。

国家的组成究竟是什么?组成它的人群非常不稳定,土地和建筑不断更新,边界和标志也并非一成不变,凭什么国家这个概念会被稳定下来呢?更甚之,国家这个概念,真的存在吗?

唯一清楚的是,国家以人类活动为载体,可以表现出一些固定的涌现性质,例如改变地形、发动战争等。这些是单个人所不具备的。但这些性质是如何从单个人的交互中涌现出来的,以及多少数量的人才能够达到涌现的要求,都还是非常模糊的。

我也许要进行关于系统论的长篇大论,但我更想提醒听众,我们探讨的尺度已经来到了国家这种亚星球尺度。涌现本就是一个由简单的邻域规则演化出的高级系统性质的现象。我希望你明白我接下来要说什么。

这至关重要,因为它不仅是我来到这里的原因。或许,也是你能够来拜访我的原因。

阿兰缓缓地放下了软管。

投影依然温和地笑着。这是阿兰第一次认真地与他对视，就好像对面不是A.I.，而是秦松本人。虽然明知道不会有回应，但他依然轻轻地说道："你口中的'you'，是'你们'还是'你'？"

然后他得出了一个本该是显而易见的答案，在他看到秦松手中托起的下一级词条之后。他已经来到了决策树的末尾，下一级，将与从"生平"那一条衍生出的某个分支汇合，以最后一个关键词作为结束。

这一层，其一是"自组织临界"，阿兰推断它也许和所谓系统论的长篇大论有关。其二，则让他刚有了些许能量补给的胃，再一次抽搐不止。

"列星者计划"。

星 轨

宏微交替，虚实涌现。

对于列星者计划本身，我没有太多见地，也很难去评价它可能的历史意义。我甚至想一笔带过，可依然不得不将它放在如此靠后的重要位置，因为想弄明白计划的逻辑，所有上级词条的论述都是必不可少的。

但至少，对于在这个计划中牺牲的先驱者，我们都该致以崇高的敬意。光凭列星者计划的科学意义，它就值得成百上千个这样的词条对它加以赞颂。我只能从我所了解的微观角度，在听众中可能存在的宇宙学专家面前班门弄斧一番。

极致宏观和微观的系统，涌现出了许多在组成模式上不谋而合的性质。大尺度星系之间可以形成由大量多边形构成的纤维网状结构，节点是星系密度较大的地方，而中央的空洞是密度小的地方。这种模式在我们生活中竟然惊人地常见，而它们很可能源于截然不同的微观机理,例如某些动物身上的斑纹、液体表面的泡沫、龟裂的河床等。更有趣的是,透射电镜下的纳米铁轨的形貌,也和它们如出一辙。人们很难不去想象,宏观与微观之间,有某种我们尚未发现的桥梁。

你也许会说,宇宙就像一个细胞之类的陈词滥调,早就被证明是无稽之谈。没错,细胞也许是错误的类比,但如果说,我们所在的可观测宇宙,其实只是逐渐干涸的池塘中一个上升的气泡呢?

原子组成分子,分子组成超分子,形成具有确定微观结构、复杂组织性、独特宏观性质的物质。这是涌现性的普遍诠释。那么放眼看去,宇宙星体间,如果只有引力作为主导力,未免显得过于单一。宇宙学显示,人们有理由相信星体间的运动还受到其他驱动力的掌控,于是一些与暗能量相关的学说层出不穷。

引力无法解释环星系轨道变速曲线,无法解释巨引源、宇宙暗流、史隆长城等现象。事实上,当我们观测到一些星系反常地向着某个确定的引力阱方向漂流,就想当然地引入巨引源的概念,认为是在我们看不到的地方有个巨大的星团或黑洞在吸引这些星系,我们就依然被困在引力的枷锁中。只有将目光投向微观,才能发现新的解决之道。

如果把史隆长城这样的巨型星际结构类比为超分子的话,我们要寻找的分子间作用力,就是包括暗能量在内的隐藏驱动力,后者构成了看不见的星际铁轨,或者说宇宙暗流。而卡西米尔效应创造的负能量场,就是人类操控这些驱动力的武器。不要忘了,构建当前宇宙形貌的暗能量也是"正"能量,而负能量,便可以与之抵消,而抵消的结果便是空间消亡。

如果你熟知"纳米铁轨"词条的内容,就应该记得,弱酸可以引导目标分子在铁轨上的运动,而强酸则会摧毁铁轨结构。少量的负能量可以引导时空泡在暗能量铺就的星际铁轨上运动,而持续输出的负能量,就是淬灭自组装过程的那剂强酸。

在人类终于决定正视微观和宏观的相似性,踏上寻找大一统理论的征程时,包括列星者计划在内的许多星际操控计划便诞生了。人类这么做不是为了炫耀和挥霍，恰恰相反，是为了生存。

地球尺度的卡西米尔效应近百年是难以实现的，但地球资源的消耗速度却与日俱增。人类已经开始在太阳系内其他星球烧杀掠夺，但某些星球的恶劣环境、某些资源的提取技术，都是亟待克服的难关。人类在尝到开发小行星带的甜头后，便把目光瞄向了奥尔特云，那儿的资源几乎和超市一样随取随用，奈何太过遥远，来回的消耗还抵不过攫取的资源本身。事实上，在可控核聚变技术普及之后，太阳系整体的氘氚储量都将严重匮乏。人类必须未雨绸缪。

既然往返过于昂贵，搬家也不太可能，于是人们的办法就是——让超市给我们送快递。

列星者计划的基本思想便是，先利用曲率飞船造访系外星系，持续的负能量输出造成空间消亡，表观上以极快速度——甚至超过光速——拉近太阳系与它们的距离，再利用它们的引力扰动，激发奥尔特云内的小行星和彗星进入高偏心率环日轨道，从而能够被人类在近地轨道捕获。适合做这项工作的"发货员"，自然是那些离太阳系最近的星系，例如比邻星和沃尔夫359。

你一定会对计划中的某些细节嗤之以鼻。例如，超光速是不可能的。诚然，人类还没有试图打破相对论，但空间膨胀或者说生成的速度是可以超过光速的。同理，空间消亡的速度也可以。

再比如，既然连星系都可以操控，为何不直接操控奥尔特云？这是很自然的想法，毕竟舍近求远不是什么好策略。然而如果用同样的方法发送飞船前往奥尔特云，消亡的空间将会让奥尔特云的物质极速接近太阳系内大行星的引力范围，而引力扰动的后果就不是人类所能控制的了，地球很可能在陨石火雨中灭亡。这已经在火星对小行星带的扰动测试中获得了证实。

以及，向每个星系发送若干艘飞船的负能量，就足以造成大尺度的空间消亡了吗？这是更高级的问题，因为涉及定量控制。不过，如果你看过大量纳米铁轨阵列在强酸的干扰下渐次崩塌的场景,就不会觉得这一切难以接受了。

然而,人类还不能高枕无忧。即使将沃尔夫359系统停在奥尔特云外半光年的位置,它的引力扰动也足以将奥尔特云搅得天翻地覆。但索尔维又不能将距离计划得太远,否则小行星初速度过小,则很可能赶不上在地球资源枯竭前到达了。

如何才能不被快递砸死?如果你注意过二十年前开始的多次行星连珠新闻,就不难猜到索尔维的想法。

大行星护盾。负能量操控小行星尚显粗笨,但操控大行星还是可行的,因此行星连珠便不再是百年不遇的偶发事件了。当陨石雨到来时,利用地球外轨各大行星的引力,以合适的排列方式,构成一个引力偏转场,则不仅能够帮助地球躲过快递打击,还能帮我们在一定程度上收集快递。

这才是列星者计划的全貌。

那些不论是主动、还是被动地坐上卡西米尔飞船的勇敢的飞行员,被索尔维内部称为"列星者"。初代列星者几乎都是非自愿的,他们不知道自己拿到的是死亡单程票。直到我抱着必死的决心,向媒体公开了一切。

为什么一定要人类飞行员参与?用 A.I. 控制飞船来到预定的星际铁轨——对沃尔夫359来说,是地球与金星轨道间的某个坐标——然后开启曲率引擎不就完事了吗?对于这个问题,索尔维无论是在研究报告里,还是媒体采访中,甚至国际法庭上,都有着同样模糊的说辞:卡西米尔效应依托于量子场论,而想要达到预想的结果,不论是环绕飞船的负能量梯度,还是空间消亡的各向异性,都需要人类意识的参与才能确定。单纯的 A.I. 测试产生了灾难性的后果,也就是他们掩盖多年的月背太空博物馆的真正成因。

笃信薛定谔和他那只倒霉的猫的听众,也许会和国际法庭一样,欣然接受索尔维的解释。但这不足以说服我。可惜,我只能在飞船里度过余生了。

在所有故事结束前,我想特别感谢为我造墓的人。你是我生命中唯一的光亮,而我能留给你的,不过是一点收藏。

阿兰这次安静地听完了所有讲述。

一缕头发弄痒了他的眼睛，他下意识地抓了抓头，指尖却缠绕着纠结的断发。他努力分辨着最后一个关键词。

他明白，出于某种原因，他的身体机能正在急速衰退，好像六十年的时光正慢慢地爬上他的身体，虬结出岁月该有的印痕。所有的侥幸都被打破了，死亡从来没有如此清晰地显现在他的脑海中。

阿兰痛苦地捂住双眼。那里现在干涸得没有一滴泪，喉咙却忍不住抽动着。他意识到，女儿如果还在地球上，也已比他先至垂暮。而他自己，便如同在六尺之下的棺材里短暂苏醒，隔着数光年的泥泞，遥望着墓碑上的白色花束。

无声的呜咽被金属碰撞声打断。实验室里的什么东西似乎开启了。

归　途

阿兰费力地顶开位于实验室角落里的舱门。

门后是实验品仓库。储物柜里不是想象中的瓶瓶罐罐，或者缤纷液体，而是形态各异、色泽优美的矿石，标签上详细地注明了它们的来历。

他凑近查看。有些也许有放射性，但谁在乎呢。秦松的收藏让阿兰心中涌出了一种奇怪的感觉，让他先前的痛楚得到了些许缓解。至少，死在这里，比死在黏糊糊的休眠舱要好多了。

"永别。"他念出了最后一个词条。

被索尔维流放不是一件光荣的事。虽然我的揭发让索尔维不得不公开列星者计划,并追认初代列星者为烈士,补偿了家属损失,但公众和媒体并不能保护我免受惩戒,反而对星系碰撞感到恐慌,极力声讨与列星者计划相关的研究。

这正好成为索尔维要挟我的砝码。即使不能光明正大地处决我,他们也能想出绝妙的说辞,让我自愿踏上死亡之旅。

"你想做人民的英雄,那么就做到底吧。"

于是,在万众瞩目中,我背负着"拯救星系"的重任,坐上了前往系外的飞船。民众得到的消息是,索尔维致力于修正即将来到太阳系边缘的若干星系对太阳系可能带来的扰动,决定启动反向卡西米尔效应的空间试验。将我送到沃尔夫 359 的理由也很简单,一是避免在系内造成空间扩张,二是沃尔夫 359-C 上有大量合成手性[①] 材料所必需的铪。

说辞真假参半,但糊弄民众是绰绰有余了。

根据著名的"不可行定理",具有反射对称的两个物体之间的卡西米尔力总是相互吸引的,正负能量湮灭的宏观表现为空间消亡。但如果打破对称,例如在金属膜之间加入手性材料,则有望观察到排斥力,也就是反向卡西米尔效应。这带来的空间生成的效果,可以更加精准地控制星系之间的距离,严格避免星系撞车的情况发生。这本是若干年后二代列星者的任务。与初代不同,他们带着重建星轨后的返航希望。

而希望的前提,是我能研发出合适的手性材料。这需要大量的试错与原材料支撑,且反向卡西米尔效应能否产生空间、重设暗能量并铺就星际铁轨,还是个未知数。况且,手性催化所必要的金属如铪元素,在地球上丰度确实很低,但在沃尔夫 359 这种红矮星系,有可观丰度的可能性更低。

索尔维只想名正言顺地摆脱我。然而,他们一定想不到,与我一同踏上金地星轨的,还有她。

我不可能召集到研究小队。明眼人都知道跟我走意味着什么。然而,她向索

---

① 手性指一个物体不能与其镜像相重合,与下文的反射对称相对。

尔维提交的申请中的质问，连我也无言以对。

"你们不是认为，卡西米尔引擎的设定和开启必须有人类意识参与吗？如果只派他一个人去，又害怕他有反骨，从空间站开始就将他强制休眠，那么到了星际铁轨处，谁来开启引擎？"

是啊，也只有她愿意了。

我孤身一人，索尔维拿我没办法。但她还有家人在他们手上，她的服从度比我高出许多。在索尔维的全程监控下，她开启了引擎。我能想象，就像一道黑色的光略过，飞船的尾迹在地球上空荡漾起引力的涟漪，宣告我们的永别。

途中，她将我唤醒，想要关闭引擎，被我阻止。如同在崎岖峡谷中的漂流，中途几乎没有安全停靠的机会，若不顺流而至，则飞船很可能被空间震荡撕扯净尽。

我让她和我一起休眠。四十年的旅途相比之后的异星求生，不过眨眼之间。

沃尔夫359是颗耀星，我们只能停留在359-B的背阳面来抵御间歇的伽马射线暴。食物和水源都将在几个月内耗尽，唯一的生存希望，便是研发出反向卡西米尔效应，重建我们身后的星际铁轨。没有暗流的引导，曲率引擎必须反复重设目标点，否则将因为不确定性而严重偏航，而我们没有下一个四十年了。

风暴行星显然不是寻找手性助剂的理想场所，于是我只能寄希望于前往沃尔夫359-C的光帆探测器。359-C是一颗岩石行星，但扫描显示其资源十分匮乏，也许有一些地下铪储量。我为了研究样品，不得不与探测器密切接触，而它已在飞行中被伽马射线击穿。

我的生命就是从那时开始倒计时的。没有人愿意在反复呕血和器官衰败中感受缓慢又急促的死亡，而我在花了几周时间确认359-C上没有铪元素后，决定自我了断。

这次是她阻止了我。她永远是那么饱含希望，看着她，我似乎一切苦痛都能战胜，一切绝境都能走出。

而奇迹真的出现了。

我们在意想不到的地方发现了铃,虽然量小,但作为手性助剂进行反应催化足够了。我用最后的时间拼命工作,而她则按照我的意思,着手将矿船改建成了墓船。

她有权回家,因为回家的希望本就是她带来的。虽然我们尚且拥有彼此,但我或许由于血统的关系,对于客死异星有种原初的恐惧。我无法容忍我的爱人也走向这样的结局。

我曾建议,把我的 A.I. 构建成一个爆炸头、厚眼镜、嘴角流血的科学怪人形象。她很生气,说这里又不是游乐园里的恐怖密室。虽然我如今的样子和上述形象相差无几,她依然悉心照料我到最后一刻。

成功之时,即永别之日。

再见,我的爱人。愿你摘下我们一同生活过的星星,回去寻找埋葬它的家园。

“什么……你刚才说什么?”

秦松的投影重归沉默。但阿兰却发疯般地敲打着投影台,就像那些钱币被自动贩卖机吞掉的倒霉客人。

“该死!怎么返回到最开始的词条?”阿兰声音嘶哑,齿间全是血沫,皮肤也开始出现不同程度的青紫。但他现在只想确认一件事。

似乎探测到了他话中的某个关键词,秦松重新挂上礼貌的微笑,伸手将二元决策树展示出来。

“生平,告诉我你的生平!”

控制台右侧的舱门开启。秦松开始回忆自己的家人和童年,而阿兰则一头栽进了那扇门。

然后他知道,他猜对了。

这是一间和隔壁实验室相比小很多的舱室,但布置得十分温馨,墙上贴满了照片。

视野染上了猩红的脏污，阿兰的手指从照片上划过，留下突兀的血痕。其中一张是秦松与一位年轻女子在海滩上的合影，他们笑容灿烂、举止亲密，对着镜头展示着各自左手无名指，对戒在阳光下闪着奇异的光。阿兰想取下那张照片，眼前却突然一片漆黑。失去平衡的身体撞向墙壁，许多照片剥落。他的双手依然执着地向前伸着。

与此同时，秦松的讲述也来到了他的青年时期。

"——在我二十八岁那年遇到她，是多么幸运。现在，请允许我介绍我的未婚妻，墓船的 A.I. 建筑师，也是我的守墓人。"

阿兰没能抓住那张照片。纷乱的起居室里，照片簇拥着那具不再鲜活的扭曲身体，构成了一幅后现代画作。

而就在邻近的轨道上，沃尔夫 359–C 的背阳面，一艘轻型载人探测器正朝着矿船飞来。它的尾迹在伽马射线的扰动下，激发出和"红色维纳斯"一样的玫瑰色光芒。

第九届"未来科幻大师奖"获奖作品

（责任编辑：姚海军）

星云会客厅

一朵只属于科幻的火花——氦五专访

汪旭：氦五老师，你好。祝贺你获得第九届"未来科幻大师奖"二等奖，非常高兴这次《星云Ⅺ：见字如面》能收入你的获奖作品《卡西米尔之墓》。说起来，算是有一些小小的缘分。当时我参与了大师奖投稿作品的初审工作，这篇《卡西米尔之墓》就是我推到复审的。那时候怎么会想到，几个月过去，这篇优秀的小说最后获了奖，兜兜转转，还要在科幻世界的"星云"系列上刊登呢？人生际遇，大多在意想不到之处，常有美丽的巧合。请老师跟大家介绍一下自己吧！

氦五：大家好，我是氦五。我不是老师，只是个在读博的汪洋大海里挣扎的普通大龄理科生，叫我小五或老五就行了。我记得我以前的简介是"想要在读博掉光头发前通过写小说掉光头发"，目前看来二者都还需努力啊（笑）。其他好像也没啥特别的……对了，我的专业是生态学方向，有化学背景，因而喜欢同时从宏观和微观考虑问题。我在学习工作之余都是自顾自对着手机傻笑的类型，平淡极了。

汪旭：小五老师是个很鲜活的人！可以问问"氦五"这个笔名怎么来的吗？

氦五：氦五的半衰期在 10^{-22} 秒量级，它非常不稳定，会立刻衰变成氦四。10^{-22} 秒这段时间，大概在大爆炸后弱电时代。在这段时间内，空间暴胀，基本粒子形成，因此是一个很重要的时期。氦五就是从事科幻写作时的我，平常的我就像氦四一样泯然众人，只有在创作科幻时才会迸发出不一样的火花。

汪旭：……说点读者能听懂的话吧！

氦五：哈哈，被发现了！是这样的，我之前的笔名叫"海雾"，这次投稿"未来科幻大师奖"想换个笔名，立刻就想到了谐音"氦五"，它是氦的不稳定同位素……

汪旭：果然如此！这个故事告诉我们，对于作者的笔名，想有多少种解读都可以，毕竟作者就是专业编故事的……我要开始问一点老生常谈的问题了。其实也算是所有读者共同的好奇嘛，对于有才气和才华的科幻新星，大家总是兴致勃勃地想了解更多。可以讲讲你的创作经历吗？怎么就开始写科幻了？

氦五：可能与许多作者不同，我很晚才冒出创作科幻的想法，基本是在《流浪地球》上映之后了。在那之前我只读过大刘的《三体》，觉得科幻不是我能染指的领域。后来，随着这些年的科幻热，我接触了更多影视和文学作品，于是小时候那个扬言要当个科学家、去外太空的自己又卷土重来，耳濡目染间，不自觉地开始构思一些零碎的点子。后来我发现，结合自己的专业背景搞几个"民科"理论也不是很难嘛（笑），于是问题就只剩下写作了。

汪旭：有没有特别喜欢的科幻作家和作品呢？

氦五：除了刘慈欣老师之外（虽然《山》更像是设定说明，也远不是他最受欢迎的作品，但不知怎的，我就是会被这种"你必须接受我的设定，才能知道我有多牛"的气质所吸引），特德·姜是我唯一沉迷的作者。他的中短篇作品我都看过不止一遍，且常看常新，每每让我感叹，科学与文学竟然可以如此水乳交融。更重要的是，他的科幻点子都是我认为最值得人们思考的矛盾体系，例如自由意志和立体时空观的矛盾（《你一生的故事》）、客观真实与数理逻辑的矛盾（《除以零》）、内向高敏与全知洞察的矛盾（《领悟》）等。毕竟科学总是产生在那些我们现有知识体系无法阐释的矛盾中。特德·姜对终极科学议题的把握,以及对如此冷峻的议题进行故事化的能力,真的让我叹为观止。

汪旭: 是,我也还记得自己初次看《你一生的故事》的那种震撼。特德·姜常常温柔地注视角色,他的科幻设定也总是饱含思辨意味,技术性和文学性能达到统一,是很有意蕴的科幻作品。这次组稿、校对,再看《卡西米尔之墓》,有了和第一次不太一样的阅读体验。最开始审稿,内心多少会秉持着一把标尺,看看科幻设定、故事逻辑如何,再看看文字表达,等等,多少有点心猿意马,不是沉浸式的阅读。那时候觉得,这真是一篇让人心生惆怅的故事啊。技术设定很硬核,故事也不复杂,读来却意味无穷。现在再读,感受到悬疑氛围的同时,读到的关于这个宇宙的秘密和复杂的技术细节,令人叹为观止。很好奇,对你来说,设定里的技术细节写起来有难度吗?

氦五: 关于设定,我和这次"未来科幻大师奖"的获奖者之一——沙陀王老师有过交流。Ta是工程领域从业者,因此这篇小说对Ta来说难以下咽。通俗地说,这就是装X恰好装到了人家擅长领域的后果,我写的那些细节在Ta看来不过一地鸡毛。我想表达的意思是,技术细节绝不是这篇作品(乃至大多数好作品)立足的根本,它可以让一些读者觉得舒爽,也一定会让一些读者觉得"这都是什么玩意儿"。这篇作品带给我的教训之一就是,科幻作品还是要更多地在故事架构、语言表达以及个人美学这几方面下功夫。

汪旭: 大概能理解你说的意思,内行看门道,读者看个爽!从作品里能感觉到你是一个很深沉的写作者。男主角阿兰的经历好像自始至终都与不断回溯的遗憾有关,他与这个宇宙过去未来断断续续的微弱联系,很容易就消逝在时空的旋涡里。他的人格很丰富,这种孤独的内核也很吸引人。那么,你的人物塑造背后有没有什么故事?

氦五: 终于聊到文学性方面的问题了,然而在这方面我还只是一个蹒跚学步的小朋友,似乎没什么发言权,正努力向各位同侪和科幻大家们学习。关于阿兰的塑造,他是隐忍的,但和一般隐忍到最后就是爆发的套路不同,他没能等来属于自己的爆发,这也是角色悲剧意味的来源之一吧。其实我更希望阿兰是一个给秦松抬轿的假主角,不过限于个人能力和篇幅,二者都没有塑造得很理想,希望大家批评鞭策。

汪旭:你太谦虚了!我去拜读了一下你的长篇小说《光锥之外》,这也是你 2019 年的作品了,你自述这是"一封献给科学与幻想的逻辑堪忧的情书",挺有趣的。我还没有看完,只有一点粗浅的感受。因为之前是以连载的形式在刊登,能看出来一些写作技法,比如用章节末的悬念设置吸引读者。从故事能看出,你的文字掌控能力不错,叙述清晰流畅。我个人喜欢你写的一些短句,很熨帖,也很会点到即止,例如"那夕阳透过圆孔,就像一弯眉眼"。写长篇的感受与写中篇是不是大不一样?这两年有再写科幻长篇吗?我们真的都很期待能有像《卡西米尔之墓》这种风格的长篇。

氦五:天哪,"社死"现场!我第一次尝试写作就是在参加一场限时的长篇拉力赛,现在看来有点自不量力。那时的语言稚嫩,故事也信马由缰。写长篇最大的感受就是瞻前顾后、如履薄冰,前面造的孽在后面都会悉数迎来现世报。挖坑和填坑这一动态平衡我还没有把握好,因此近期没有尝试写长篇的打算(至少毕业前不会有了)。但我故事中世界观的构建又都是冲着长篇去的,因此以后是肯定会有的。

汪旭:聊到这里,我会觉得你是一个自我认识很清晰的人,不怎么说圆熟的话,而是把真实的自己展示给读者,真好。接下来的提问也许有点形而上,但这又是很直接地了解你科幻审美的方式,很希望由此能触到你的审美世界的边界——你最想写出什么样的科幻小说?

氦五:我欣赏的作品不说振聋发聩吧,至少要耐人寻味。我的终极目标是构建自洽的逻辑和故事体系,并以此阐述一些近未来"或然世界"里发生的事,让大家知道我们能安然生活在现有世界里是多么不容易的一件事。但在此之前,我希望能先达到"耐人寻味"这个标准,在故事性(比如伏笔、结局反转之类的设计)上多下功夫。拿《卡西米尔之墓》来说吧,结尾有个估计大部分人都会忽略的点——飞船尾迹颜色指向了"卡西米尔号"利用现有资源返航的可能性,但如果大部分人都忽略的话,也算失败吧?(捂脸)

汪旭:你说到这里,我才反应过来,这确实是埋得很深的故事线索……你在写作时有没有什么必须满足的条件,比如要听音乐带给你灵感,或者喜欢处在安静的环境里?

氦五:安静和大段独处时间是必备条件。

汪旭:很快能有新作品跟大家见面吗?

氦五:这个嘛……上半年有投出一篇,至于能不能见面,只能说看造化了,哈哈!

汪旭:好的,希望能有好消息传来!感谢老师接受访谈。《卡西米尔之墓》是一篇非常优秀的中篇小说,如果你是太空题材科幻爱好者,如果你也想见证永不失联的信念和为值得之事牺牲的勇气,请千万不要错过这篇作品。

明天就出发

辛维木

从灾难中救一个小人物带回我们的世界，也没什么稀奇，只要不改变历史、付足担保费就行。但慈悲的满足感不一定能持久，厌倦、忙碌，乃至在旅行起点就精心编造的谎言，都可能用来解释某些人的离奇消失。

| 辛维木

　　1992年生于上海，新闻编辑，美国耶鲁大学历史学硕士。获"她故事"写作大赛一等奖等奖项。著有长篇小说《遗忘》，其他作品见于《小说月报》《新华文摘》《山西文学》等刊物。

《定格》杂志 2315 年第 3 期

"见证者游戏"专栏：明天就出发

作者：秦易，首席记者

1

红衣女孩停下脚步，对迎面走来的巨人张大嘴巴。巨人身高不到一米八，套在阿波罗宇航服里却足有两人宽。藏在金色反光涂层后面的脸或许属于一个正值壮年的空军上校，或许属于一个乔装潜入历史的女探险家，又或许只是一团被困在自动无人制服里的空气。

在忙碌的候机大厅里，他算不上最显眼的一个——一队刚从索姆河战役游学归来的中学生垂头丧气地从旁边穿过，身后留下带有焦煳味的血污脚印；一名副教授身披阿拉伯长袍坐在窗前，翻动膝上的羊皮笔记本，生怕颧骨底下的胡须没粘好似的，每隔四五分钟就忍不住伸手按一下；十来个盛唐贵族打扮的游客排在柜台前，将举着小旗的导游拥在中央，兴奋地讨论后面十天的行程；两个别着银星徽章的时间特工踩着军人的步伐，走向过道尽头标有"地球：大迁徙时代"的特别登机口，写着"管制区域"的栏杆弹开，又在他们身后恢复了原状。

但女孩的视线完全被那个来自初期太空时代的宇航员占据了，她拉着母亲向他跑去，好像一脚踏进了巴纳姆马戏团或者里普利的博物馆。母亲纵容地笑着，跟宇航员解释这是女儿第一次出游。宇航员微微屈膝，伸出笨重的手套，将女孩的小手包裹在里面。只轻触一秒，他又直起身子，继续前行。女孩还立在原地回头看他，双眼亮晶晶的，她瞥见了时间的模样。

"我最喜欢这种时刻，感觉就像魔法。"格雷塔·君特关掉激光炉，将古法玛格丽特比萨递到我面前，目光紧随着人流中小小的红色身影。我问她是不是想起了那部有红衣女孩的老电影，她疑惑地摇头，问我是哪一部。我没告诉她，如果她从没听说过，那即使知道了名字，她也不会懂它有什么意义。这对她来说可能是件好事。

如果你经常读我的报道，那你多半至少去过一趟克洛诺斯时间机场，或者在梦中神游过多次。你很可能见过格雷塔，在那以太阳形状向外扩张的机场里，她就待在每道光线交汇的起点。一开始你不会注意到她，她蓝白相间的制服融进餐厅的招牌和桌布之中，裙摆下的曲线不算臃肿，但也粗略地显出肌肉的轮廓。金色卷发齐耳，映衬着碧蓝的眼睛与柔和的面颊，少女的轻灵已经褪去，岁月的疲惫尚未袭来。她站，她走，她侧身低头，每个动作都很精确，和机场里随处可见的服务机器人难分上下。

然后你瞟到眼角右上方的自动翻译提示："二十世纪德语"，你马上意识到，她不是本地人。难怪，你大概会想，除了还没站稳脚跟的外时人，还有谁会和机器为伍，做这些可有可无的劳动呢？你不会多说什么。从小你就被教导不要盘问他们，就像不要乱丢垃圾一样。"只要通过了海关，就算正当居留，没什么好多问的，不能让他们感觉受到了歧视。"社会课老师都这么说，"再说，要是每个人都问一遍他们从哪里来，他们就会整天重复同样的话，那太累了。"长大后你知道了偷渡生意、难民签证和驱逐运动，但你已经习惯对那些陈旧的语言标签视而不见，在多数情况下，听对方的声音略带僵硬地经过人工智能过滤成世界语，就够了。

当然了，我在《定格》杂志的工作常迫使我去问一些烦人的问题，要是足够巧妙，倒也不致良心不安。每次出差前在"机场快线"餐厅小憩，我的视线总会不由自主地停留在这个女招待身上。二十世纪德语，这里面的可能性太有意思了。

"等会儿我要去 1989 年的柏林，您说是从东面看比较好，还是从西面看比较好？"一次点单时我问格雷塔。

她摇头，"我不太清楚。"

回来时我穿了件新买的"我是柏林人"T 恤去餐厅隔壁兑换多余的马克，经过她面前，她眼里也没有闪过特别的认可。

后来有一次，我顺手带了本注释版《我的奋斗》，将书竖在桌上，封面朝外。格雷塔除了点单没有多说一句话，脸上挂着程式化的笑容，倒是好几个路过的旅客看到黑色封面上的右旋万字，不由得多看了我两眼，还有的人指指点点，皱眉讨论着什么。

"天天都派学生去索姆河，真的不会引起怀疑吗？"一次和同事一起出发，我故意在格雷塔走近时大声挑起话题，她没有停下来看我们。几分钟后我再试了一次："对了，你真要去魏玛共和国搞单身派对？那里年年都被风险提示，可不是开玩笑的。"她仍然不为所动。

最后我还是放弃了。几乎每个星期，我都在吧台尽头的独脚椅上坐下，点一份当天的特价套餐（克隆鸡肉三明治、零重力蔬菜色拉、水藻拉面……），摊开笔记本补几个采访问题，或者随手涂抹几笔可以用进报道的片段。格雷塔来来去去，就如机场广播里性别模糊的合成播报、摆渡车履带平滑的滚动和机器人愉快又疏离的应答声一样。

直到新年前的最后一个夜晚。候机大楼里的喧嚣归于宁静，两三个旅客等在唯一开着的登机口前，坐的坐，躺的躺，除了刚进去的空乘小组外，再无新的声响和动作。"机场快线"快打烊了，我合上本子起身，和拿着抹布擦吧台的格雷塔撞了个正着。我向她点头致意，正要往前走，却被她叫住了，"请问……您是秦易先生吧？"

我愣了一下，她眼里的薄雾消散了，眉毛扬起，语速也快了些，"真的，我没猜错！我看到您本子上的字，就上网搜了搜，结果找到了您的专栏。"她顿了顿，"抱歉，我不是故意偷看的，只是时空旅行那么贵，您却几乎每周都来，一个人拿着旧时的本子，上面还有不是世界语的符号。坦白地说，一开始我还以为您是时间特工，在出什么任务呢……"

不会有人随随便便怀疑别人是时间特工，除非他想隐瞒什么，这是我在和时空管理局仅有的几次来往中学到的一点。我看了看本子上被她当成暗语的两个方块符号，自动翻译没有立刻跳出它们的意思，只用世界语拼出读音，旁边加了句注释："中文，公元前三世纪至今"。

这么说，她应该读到了我的《中国纪行》。我头一次去西汉寻根时，根据发音得到了自己名字的中文写法，因而对我祖先的文明萌发了兴趣。她可能也读了我得奖或推介新书时的采访，总有人问起这个奇特的签名，我说这已成了习惯，好似一个刻进血液的图腾，提醒自己并不是无根无源、孤身一人。

无论如何，要趁我每次翻开笔记本前的一秒记下名字的形状、依样画出并输进终端搜索，这样的行动力不输给我最顶尖的记者同行。"您很敏锐啊……格雷塔·君特女士。"我按拼写读出她的名牌。

"叫我格雷塔就好。"她带雀斑的脸颊微微泛红，"我读了您的文章，太有意思了。那些星际修理工，他们常来这里订餐盒，但是来去匆匆，我们都说不上话，您却能跟他们一起乘着飞船四处跳跃。2009 年 6 月的剑桥大学，我也常遇到要去那里的旅客，读了您的报道才知道，他们是看到英国科学家给时间旅行者的派对邀请，又不能暴露自己的存在，才去那附近自己办了场派对。还有去中国历史上拍《战国志》的摄制组，要隐瞒身份和设备，融入当地人，同时拍出这么一部大制作，这过程感觉比影片本身还刺激！"

打破屏幕的阻隔直接面对读者，让我有点手足无措，"过奖了。不过，您从二十世纪德语区来到这里，也是一场非凡的旅行吧？"

她垂下眼帘，没有立刻作答。机场广播适时地响了起来："乘坐水星穿梭公司3820航班的乘客请注意，您的飞船正在21号口开始登机……"

"是您？"她抬起头，像是忘记了我的提问。

"嗯。"毫无疑问，一个好故事就压在她的帽檐底下，但绝非三言两语就能揭晓。我在她的注视下将本子塞进包里，单肩背起，整了整衣领。下次再说吧，我向她挥手，"回头见。"

"我可以再问您一个问题吗？"我一只脚刚迈出餐厅，又听到背后的声音。

"什么？"

"新年之夜，您不陪家人一起过吗？这次又要去哪里呢？"

好问题，有时我也忍不住这么问自己。但它的答案，真正的答案，必须留到关键时刻，换取更有价值的东西，"等你告诉我德语区的故事，我就告诉你啊。"

2

格雷塔·君特很快知道了我的跨年计划。第二天的《定格》杂志刊发了我和三个同事——两个单身，还有一个迫切想从家事中脱身喘口气——共同完成的新年策划：选一个自己感兴趣但从未去过的时代，用千字速写那里的新年景象。其实我们无须特意在新年夜出发，但早早订好了断网假日家庭礼包的主编笑嘻嘻地说，卡准时间更有仪式感。

在我的报道里，格雷塔会读到纽约时代广场在千禧年之夜的热浪和狂欢，以及一个时间旅行者隐匿在百万人之中的悠闲。但她不会读到，在零点钟声下，在男女老少的拥抱和亲吻之间，低头写着笔记的我想到了在克洛诺斯机场餐厅的午夜里独自收摊的姑娘。

我一回来就去移民局查了格雷塔的入境记录——这是调查任何外时人的第一站,在理想情况下,这里会存有他们从决意出发到当前生活的一切资料。但格雷塔的档案只有薄薄的一页:

出生日期及地点:1920 年 10 月 30 日,德国福斯坦堡;

离开节点:1945 年 4 月,德国柏林;

抵达口岸:克洛诺斯时空机场;

入境理由:战争避难;

担保人:汉斯·科赫。

底下还有一句话:"格雷塔·君特受克洛诺斯时空机场公司雇用,个人档案均由该公司保管。"用汉斯·科赫的名字却搜不出任何有意义的结果,也难怪,这听上去就和张三、约翰·史密斯一样,只是个敷衍的化名。

克洛诺斯机场的发言人轻声细语地说:"作为私有企业,我们一般不批准这种要求,除非是和执法部门合作。您可以试试提交正式的采访申请,我们再评估能不能提供您需要的员工信息。"

申请调查某个特定职工的来历显得太过刻意,况且我还有更直接的方式来满足好奇心。隔着双份浓缩咖啡的热气,我向格雷塔看去,她正急匆匆地跑向餐厅入口,化解服务机器人引发的纷争。"五位就五位,机器人死脑筋,看到只有四个空位就不让人进。"她抱歉地对打扮成毛利人去大洋洲度假的一家子说,"没关系的,我给你们加个座,别耽误了行程。"她领着一行五人进来,经过我桌前时无奈地翻了翻眼球,以示我们彼此不再匿名的友谊。

在新年后的三次出差前,我向她确认了已知的信息,当然是在没暴露我去过移民局的前提下。格雷塔 1920 年出生在哈弗尔河畔的小镇,听着教堂的钟声,在湖光林影间奔跑着长大。父亲的失业、空荡荡的餐桌和结核病的痰液构成了她的童年，不过她活了下来——"也许是森林的力量。"她口气虔诚，像在谈论信仰——并且读完了中学。

家庭的拮据和某种与生俱来的躁动让她拒绝了围绕"孩子、厨房、教堂"的生活。在福斯坦堡的富人家帮佣了半年，她就只身去往柏林，辗转于店员、厨房女佣、餐厅侍应之类的工作。不在一个地方停留太久，也不缔结任何超越基本社交礼仪的关系，直到在咖啡馆认识了那个名叫汉斯·科赫的历史学者。她没有多说细节，反正，也许过了一两个星期，也许过了三五年，汉斯告诉了她真相。他来自数百年后的未来。地球，或者说地球上的人类世界，被人破坏得不再适宜生存，及时迁移的人们建立起新地球，而德国将会输掉眼前的这场战争。

汉斯从盟军对柏林的空袭中救出了格雷塔，将她安顿在克洛诺斯机场城，又赶去目击第三帝国的最后时刻。他会回来娶她，等考察结束，他就带她离开口岸，办妥身份，过上安定的生活。他海誓山盟，却再也没有露面，按新地球的时间来算，一晃已过去了五年。

"我大概帮不上忙。我去不了纳粹德国，您看我的长相，还不知会被抓去哪里呢。"我硬着头皮迎向她的目光。去纳粹德国做历史研究，肤色让我错失了这珍贵的机会。但类似的选题我做过不少——凭借先见之明出现在最具戏剧张力的时刻，这是时间旅行赐予我们这些幸运者的特权。从灾难中救出一个小人物带回我们的世界，也没什么稀奇，只要不改变历史、付足担保费就行。但慈悲的满足感不一定能持久，厌倦、忙碌，乃至在旅行起点就精心编造的谎言，都可能用来解释某些人的离奇消失。除此以外，在德国战败前的危险年代一去不归，也没什么好意外的。

"没关系，"格雷塔反倒安慰起我来，"都过去五年了。我知道，就算他还活着，也不会来找我的。他能带我离开那个地狱，让我安安稳稳地生活在这里，我已经很感激了……会有好事发生的，我有这个信心，'五'好像是我的幸运数字呢。"

格雷塔几乎从不提起纳粹，她口中的柏林空袭和伦敦并无太大差异。就在两年前,一个从二战逃难过来的英国作家出版回忆录,稳居全球畅销榜长达四十周。他以第一人称叙述,配上时空艺术家汇集历史素材创作的实景投影,让街头瓦砾上的黑烟、吃到一半就被遗弃的餐桌、人体与老鼠挤作一团的防空洞深入人心。我问格雷塔有没有读过那本书,她摇头,记下书名,然后说,她不想再多回忆战时的事情。

在我的追问下,她还是承认父母曾给希特勒投了票,因为"人人都这么做,而且只有他能让父亲找回工作"。她也参加过德国少女联盟,就像那个时代的任何女孩那样,梳起双麻花辫,穿着笨拙的衬衫和长裙,齐步走,学家务。她和朋友们常偷偷地嘲笑别人举右手敬礼时做作的语调,但等教官站到自己面前时,还是不得不压粗嗓音,念出被后人视为致命魔咒的音节:"胜利万岁!"

"对,我们在学校学过这本书。您上次拿出来时我吓了一跳,没想到在这里还能出版,还能在公共场合这么随意地拿出来看。"她翻着我带来的《我的奋斗》,上面的世界语透过她角膜前的薄片转回旧式德语。在作者原初那种粗粝又咄咄逼人的语句边上,是比原文长一倍的史学注释。

"你们研究得真仔细啊,读书时老师常拿这本书考我们,说'帝国领袖'常来我们镇上,随时都可能来视察。"

"'帝国领袖'?"我的心脏剧烈地收缩了一下。她的言语过于顺畅,以至于这个不祥的称号被说出口时就像在谈天气那样随意。

她立刻改口道:"哦,我是说海因里希·希姆莱。抱歉,他们老那么说,我都习惯了。"她接着给我介绍得了结核病要怎么静养,不一会儿便去招呼新来的客人了。

但"帝国领袖"这个词卡在我头脑里挥之不去,她对希特勒直呼其名,为什么却要对那个党卫队领袖和种族清洗的执行者使用敬称? 连带着还有她每次闲聊的开场白:"您真的不会把这些写进报道吧? 机场有规定的,我们不能随便接受采访。"

当然，我答应她。我不会写自己去不了的地方，更不会把这个偶遇的德国难民当作选题报给主编。可某种对不上号的别扭感还是促使我抽空拜访了米娜·德米特里耶娃教授，泛亚大学历史学院近代史学系以研究欧洲二战闻名的专家。

"汉斯·科赫？我当然熟悉这个名字。"这位曾为博士论文研究寻找资料而潜入奥斯维辛集中营、作为囚犯一员迎来解放的传奇人物的声音里没有太大起伏，眼中却闪烁着兴奋的光芒，"你记不记得三年前被清剿的'盗火者'组织？"

怎么会不知道呢？号称要逆转"大迁徙"、被时空管理局布下天罗地网追踪的头号公敌。据说，直到今日，它试图盗取的"火种"仍在我们的地表底下燃烧。所以它被摧毁时，各家媒体仅仅发了短讯。追捕行动的前因后果，也由于"大迁徙"时代的旅行禁令，被隐匿在时空管理局的秘密档案之中。

"'盗火者'的触角伸遍各个时代，时空管理局找了许多学者做咨询，我也是其中之一。汉斯·科赫，正是'盗火者'骨干奥菲欧·蔡特的化名，他去纳粹德国给希姆莱当了副官。"

等等，"盗火者"不是想逆转"大迁徙"，把人类留在地球吗？他们和纳粹有什么关系？

"不，比这复杂些。"米娜斜靠在办公椅上，并不掩盖手臂上烙下的青黑数字，"不能改变历史，不然会引发无穷的悖论和混乱，这是让我们得以延续当前生活的最重要的原则。'盗火者'却总对两百多年前的'大迁徙'念念不忘，认为大多数人类当年逃避环境危机、离开地球，等于是谋杀了少数无法离开的人。这不是什么很新颖的观点，'大迁徙'的伦理问题足够让学界再吵一两个世纪。问题在于，'盗火者'想彻底阻止我们的祖先做出'大迁徙'的决策。改变如此根本的事件会发生什么，连'盗火者'自己都不清楚，所以才派人潜入了历史上各个关键的时间节点，先做点小小的改变作为实验，比如帮纳粹赢得二战。很荒唐吧？试图用一场屠杀去阻拦另一场屠杀，结局却很可能是我们所有人都毁灭。"

"科赫的任务显然没有成功。"

"是的,但是他努力过。你以为传说中的'纳粹钟'计划是怎么来的? 科赫以'魔法'为名,给希姆莱灌输了许多不应该属于二战德国的技术: 大规模杀伤性武器、智能控制,甚至时间旅行本身。幸好,追踪他到柏林的特工赶在战争结束前暗杀了他。不过,我们还没查到他曾带谁来新地球避难……"米娜顿了一下,突然挺直了背脊,眼神也锐利起来,"那位女士说她是从哪里来的?"

"一座叫福斯坦堡的小镇,离柏林很近,后来她去了柏林打工……我查过那个地方,好像没什么特别的。"

"福斯坦堡?"听到这个地名,米娜脸上的血色竟在两三秒内褪得干干净净,因营养不良而长期消瘦的身体战栗了一下,"她有没有告诉你福斯坦堡有什么?"

我不自觉地加快了语速:"她说有森林,有教堂,她父亲从工厂失业过,那里应该也有工厂。"

"她有没有提过一个叫拉文斯布吕克的地方?"

"拉文什么?"

米娜叹了口气,"你们男人啊,总觉得历史是关于你们的,几百年了,我们都离开了地球、发明了时空旅行,你们却还是这样。我刚读博士时就去福斯坦堡做过田野调查,在一家女士理发店当学徒,熟悉当地环境,为潜入奥斯维辛做做准备。那里有一座主要用于关押妇女的拉文斯布吕克集中营,常有女狱卒来我们这里做头发。我听她们聊过,从集中营能看到福斯坦堡的教堂尖顶,而周围的森林,囚犯会被派去那里砍树……那位女士对森林的感情很深吧,可那是一种什么样的感情呢?"

没等我答话,米娜就站起身,在书架前徘徊片刻后蹲下,从底层取出一本旧书递过来,我忍不住打了个喷嚏。"你看看吧,这是我一次回德国时淘来的,一位拉文斯布吕克幸存者的回忆录。我们学者总盯着奥斯维辛、达豪、特雷布林卡,但要记住的远不止那些。"

我摩挲着泛黄的纸张,来自地球故土的灰尘沾了满手。通过自动翻译,封面上"戴高乐"的读音让我想起课本里那个时代的大人物，前面的"热纳维耶芙"却很陌生。为什么格雷塔撒谎说汉斯·科赫只是个来自未来的历史学者，又为什么隐瞒了整个拉文斯布吕克集中营的存在？我没有开口发问，就隐隐猜到了米娜的答案。

"那位女士还说过什么话让你很在意吗？"米娜继续问。

"有一次，就一次，她把希姆莱叫成了'帝国领袖'，说他随时都可能来福斯坦堡视察。哦，还有，五是她的幸运数字。"

"五是她的幸运数字。"米娜喃喃道，又重复了一遍，"五是她的幸运数字。"

"怎么了？"

"希姆莱在 1940 年视察过拉文斯布吕克，刚好在我走之前。那段时间我们生意好得很，她们个个都急着打扮，三句不离'帝国领袖'，期待他能从柏林带些帅气的副官来。至于五嘛，在拉文斯布吕克，囚犯都是五个五个排队的。"

3

多数人低估了时空旅行的复杂程度。有没有资格拖着行李出入克洛诺斯机场，就像美貌、运气一样，常被视为一种要么与生俱来、要么此生无缘的礼物。没有人一出生就被打上"时空旅行者"的标签，但竞赛的发令枪早就打响了。有先见之明的父母会把孩子送进学费不菲的时间托幼班，教他们和陌生孩子迅速打成一片，适应口味怪异的食物，训练生存、应变之类的能力。只有其中的优秀者才能成为时空学院的学徒，与少数歪打正着的普通学生（例如我）一起，学着领悟百年前那场技术革命蕴含的智慧。

时空学院将这颗星球上的人分成了两半。一半人能倒着背出三大本管控时空旅行的法律，一说起什么"祖父悖论""希特勒悖论"就引经据典、头头是道，一聊到出差或休假,就是随心所欲地任意挑选。另一半人则和发明时空旅行以前的祖先那样,日复一日地缓慢向前。他们有的仿佛忘了时空旅行的存在,有的则成了时空旅行题材的新闻、学术著作、文艺作品最忠实的受众。

为什么我们的先人要钻研时空旅行,这和"大迁徙"及新地球的建立有什么关系? 如今已无证可考。没有人能回到一两百年前的新地球问问他们,因为他们的研究是一切旅行的前提,我们可以回到任何年代,唯独回不了触动他们发明这项技术的时刻。

在今天的学界,主流意见是他们将时空旅行视为一种有趣的挑战。技术本身并无多大利益可图,它的驱动力来自人类本能的好奇心,自从第一个人用两块石头擦出火花以来,这一点就从未改变。

还有一个学派坚称他们是为了矫正过去的错误。阻止人类对地球的破坏,让人们不必放弃地球从头开始,或者换一种撤离方式,避免"大迁徙"产生的代价,这些也许都驱动了先人们一遍遍地尝试回到过去。"盗火者"这样的极端派都倾向于这种解释,他们传播着同一个传说: 最初主导时空研究的科学家之一,便是"大迁徙"中某个牺牲者的后人。但是,新地球那些关于不得干涉历史事件、禁止暴露旅行者身份的繁文缛节,似乎又让这种理论不攻自破了。

不管怎样,未经时空学院培训的新地球公民仍有机会去旅行。学校组织的反战游学营是必修通识课的一部分,而工薪阶层只要舍得两年的工资,也不妨选一个喜欢的时代,报一个配备了专业向导的旅游团,犒劳自己一番。我接触的不少游客都把一次旅行的机会视为平日里奋斗的目标,将这特殊的体验留到纪念日。

格雷塔没有这样的机会。她提过想回二十世纪末的柏林,体验一下传说中和平友爱的祖国;或者奥古斯都的罗马帝国,看看西方文明的发端是不是真像学校里教的那样辉煌。我先祖生活的中国也勾起了她的兴趣,"感觉很有异国情调。"她那带有雅利安女性特征的双眼目光清澈,"而且您和我想象中的远东人很不一样,所以我想,还是眼见为实,说不定我们以前学的是错的呢? "但这一切都是随口说说，只有新地球公民才有权时空旅行。再说，对这个每天工作到半夜才回机场宿舍的难民来说，几年的存款也不是轻易能拿出来的。

客人不多的时候，她会猜周围旅客的身份和去向，作为一种隐秘的游戏。我的加入让她有了听众："那个宇航员是去研究美国登月计划的博士生，有一次他来吃饭时，我看到他在改自己的论文大纲。""那个红衣女孩肯定是某个新富孩子第一次来旅行，看她盛装打扮就像过节，旅行惯了的家庭不会搞得这么隆重。""不，那辆赶回城区的救护车不是从战场上下来的，在战争中遭遇不测的旅客在回程路上就有时空医疗队抢救，来得及去医院的应该是慢性病发作的中老年人。""哦，刚刚那位不难猜，是去中世纪修身养性的游客，别以为有个大鼻子就是犹太人，欧洲历史我比您更了解一些，看她的黑白头巾，那是天主教修女的典型装束……"

囚犯曾五个五个列队在你面前，只消一眼，你就判断出谁能干男人干的苦活儿，谁手指敏捷擅长打字，谁习惯了清扫、烧菜、洗衣服，谁和谁是双胞胎可以送去做研究，谁已到了风烛残年只能被丢弃。你猜得对不对并不重要，你腰间的木棍、脚下的皮靴、身边的恶犬，确保了你永远都是对的。你把这身经百战的洞察力用到了某个自称为汉斯·科赫的男人身上，也许你看出他不属于这个世界，也许你猜测他可以带你过上一种全新的、远离真相和责罚的生活。而今，逃难也让你把生命寄托在这一刻不停的推理中。你打量每个走过你眼前的人，估摸他们中有没有乔装打扮的时间特工，或者能帮助你实现下一个目标的好心人。出于某种原因，你找上了我。

但你不觉得那个天主教修女有点眼熟吗？大概是熨帖的头巾遮住了曾骗过奥斯维辛守卫的黑发，竹竿似的身材也没有了博士生时期的锐气，但她的大鼻子确实曾在福斯坦堡给她带来过不少麻烦。她以会中大奖的彩票号码为交换，才说服理发店主担保她是斯图加特来的远房亲戚。修女经过"机场快线"后五分钟，我便按约定去了厕所，在门外的饮水处和那个黑色身影并排而立。

"是她。"米娜呼吸急促，"她来烫过头发，就在希姆莱视察之前。我记得她的声音。你看她的围裙,在这机场里,你见过比这更平整的布料吗? 就像她天生就要穿制服一样!"

"真想出去看看啊。"我回到吧台时,格雷塔正对着一群背着吉他去往伍德斯托克的长发大学生出神,"要是可以的话,我真想明天就出发!"

你曾用鞭子抽打过别人,吼叫着"母狗""懒猪"之类的侮辱词汇,毫无缘由地用靴底踹女人的肚子,高抬下巴走过给自己挖掘坟墓的苦囚、堆成小山的旧衣、巨棺般密不透风只留顶上小口的小屋。没人知道拉文斯布吕克具体发生过什么,法律禁止旅行者重复返回某个时间点,这迫使米娜这样的历史学家精打细算,将大块时间投入知名度更高的屠杀现场。我翻遍关于集中营的百科词条,上面留给拉文斯布吕克的只有寥寥两句:"1939 年至 1945 年位于柏林以北的女性集中营。曾关押过 13 万左右的女性,包括犹太人、吉卜赛人、国内外抵抗者等,有 3 万—5 万人被杀。"这些数字,加上米娜眼中的惊恐和那位戴高乐侄女的回忆录足以触动我的想象,而我自己大学时期在越南丛林里的浸入式研学也早就教会了我,人类可以残忍到什么程度。

"这也不是不可能啊。"我意识到自己必须喝水才能咽下声音里的颤抖,"从难民归化为新地球公民,就有了出行资格,再努力攒钱,大家都是这样的。"

格雷塔叹了口气,"算了,我想好好学一下世界语都没时间,归化流程那么复杂,我也搞不懂。"

不是搞不懂。归化意味着完全坦白过往经历并接受实地抽查,但你档案里汉斯·科赫的名字经不起细究,而一旦你曾经的身份被暴露,只要移民局知道你曾在纳粹集中营工作,哪怕你的手指从未沾染鲜血,哪怕你只是站在远处默默地旁观,你都会按《天罚法案》被判历史遗留罪和潜逃罪。不管从严还是从宽,死亡都是唯一的结局。

我想说些什么,脸上的肌肉却不由得抽搐了两下,再度被一大口冰水压了下去。她没看出其中的讽刺吗? 悬挂在她脸旁边的那行"二十世纪德语"就像她那个时代的六芒星、十字架和镰刀斧头，而她档案开头的"难民"标签更是扫去了一切迟疑，将她困于机器人般的重复劳作、仅够生存的工资和关卡重重的机场城之中。

又或许她心知肚明，因为倘若我不知她的底细，那句话就要冲口而出："跟我一起走吧，假扮成我的助手，偷溜出去一小时也好。"第一次出来旅行的普通人总是最佳的旅伴，他们会震惊于司空见惯的时空跳跃，会兴奋地到处跑，试图和每个人攀谈，只有半开玩笑的恐吓才能让他们稍稍收敛。我试过几次，也在专栏里发出过这样的感叹，或许这入了她的双眼，在她的心里悄悄扎根，酝酿成了一个好主意。

"我得向时空管理局报告，这是规定，尤其是这还和'盗火者'有关。"米娜临别前对我说。

必须立刻上报疑似历史潜逃的嫌犯，不然即以共犯处置，《天罚法案》写得明明白白。只是，听格雷塔问我接下去的写作计划，我还是失去了食欲。在不同年代的不同地点，我曾目睹过无数次死亡：安详告别的、血肉横飞的、孤独离去的、成百上千的……作为幸运的旁观者，我也用双手浸染过滚烫的鲜血，但没有一次是亲手剥夺某个人的生命。

直到现在，面对一个曾将杀人视为日常工作的嫌疑人，我那遏制不住的好奇攫住了我的心脏。我望向机场尽头唯一保持封闭的登机口。总有一天我要去往那里，但愿仍是以一个记录者的身份，只有那时我才能知道，自己此刻的选择是对还是错。

"有机会的话，我想申请去'大迁徙'时代，写写历史责任。"我决定给格雷塔一个机会，"这些年被搜捕的极端组织，比如前几年的'盗火者'，他们的核心诉求便是清算'大迁徙'的责任。他们的做法太过疯狂，但当年把最需要保护的弱者留在遍地灾难的地球、让青壮年出来开拓新家园，这种做法到底对不对，至今还没有定论。所以，我想回去亲眼看看。"

"都过去两百多年了，需要这么较真吗？"格雷塔的蓝眼睛里没有残忍的痕迹，"我不是很明白，要是不留下那些老弱病残，谁都活不下去的。今天新地球的繁荣，不就是建立在那种迫不得已的取舍上吗？那些'大迁徙'的执行者，也只是在服从命令，做自己必须做的事，自古以来都是这样啊。"

就这样，她扔掉了那个机会。

4

格雷塔的家比我想象中还小一圈，进门一眼就能望到尽头。若不是调查组的强光灯时不时地晃过眼前，顶灯的黄光倾洒在机场公司统一购置的床、书桌、衣柜和料理台上，倒也不失温馨。机场给了没有固定住所的雇员这样的保障，他们不至于住得多么舒坦，但起码能拥有生活所需，在早出晚归的工作后，可以有个自己的地方，慢悠悠地吃顿饭，躺在床上想想心事。

全年无休的格雷塔在家的时间并不长，冰箱里的冷冻盒饭和纤维补充剂上都贴有"克洛诺斯机场"的标记，床上除了叠出棱角的被子、枕头外没有任何点缀，看不出一点主人的喜好。

两个穿制服的时间特工坐在仅有一臂长的书桌前，浏览她被破解的个人终端，用红笔标记需要深究的内容，拖进调查组的案卷中。粗粗看去，被圈出的内容包括桌面上我的特稿集《一秒之间》、虚拟书架上的《生于伦敦大轰炸》、浏览器搜索记录里的"汉斯·科赫"，以及一个名为"1955年美国洛杉矶"的文件夹。

其他三名特工戴着手套和鞋套进进出出，在每个角落拍下照片，然后将所有可以移动的物品分类装箱。才几分钟工夫，从我眼前经过的就有一只旧行李箱、三套餐厅制服和两套休闲装，连毛巾和卫生棉也不放过。而我僵硬地杵在浴室门口，尽可能不挡住他们的路，按我向约瑟夫·森上校保证的那样，就像"一只趴在墙上的苍蝇"。米娜的介绍加上我过去的作品，颇为顺畅地敲开了森上校领导的反极端主义小组的大门。

森上校抱着手肘立在我的身边。追查一个逃亡难民本不需要他出马，但正是他亲自指挥了三年前对奥菲欧·蔡特的搜捕。他在格雷塔的房中转了一圈，便得出了自己的推理："克洛诺斯机场对私有权利的坚持近乎偏执，虽然常和政府合作，但没有与公共档案数据库打通，所以追查蔡特的时候，我们漏掉了他用化名担保的君特。机场是每个时空旅行者的必经之路，我估计，蔡特把君特安插在这里，是把她当成了一盏信号灯。一旦灯光熄灭，他就能及时脱身。但他没料到，我们的特工在柏林抢先了一步。"

"那格雷塔呢，她会怎么样？"

"跟所有试图玩弄时间、逃离历史的人一样，被送回'大迁徙'时代的尾声……老实说，如果她当年留在德国，最后的结局取决于她到底在集中营干了什么。严重的被判战争罪，羁押或处决；也有很多人没被追究，隐姓埋名安度了晚年。但到了我们这里就不一样了，而且和'盗火者'牵扯在一起，结果只有极刑。"

我默默地点头，一时不知该再问些什么。"大迁徙"时代的尾声，在人类文明遭遇最深重危机的时刻，有能力走的早已远去，留在原地的即使撑过了瘟疫、饥荒等重重灾难，也无力抵挡地球最后的报复。时空旅行者被禁止前往那个节点，于是它成了我们的垃圾场。《天罚法案》写得清清楚楚，那些逃离复仇之火的大屠杀者、利用过往战争满足嗜血欲望的暴徒、妄图破坏历史秩序并付诸实践的极端分子，最终都会被送到那里，无人例外。想玩弄时间，对吗？那就到世界末日去试试看吧。

"找到了！"一个年轻特工惊喜地叫出声，森上校和其他下属们闻声一道围了上去。床垫底下藏着三张分别用旧布料包好的照片。一张应该是全家福，坐着的中年女子就像格雷塔再年长些的翻版，而她背后那个系着黑领带的少女，眉宇间依稀能看出格雷塔隐藏在羞涩中的敏锐。

另一张中的格雷塔大了些,化了妆,金发被打理成时兴的波波头,灰色外套和裤裙搭配军帽和皮靴,胸前别着纳粹徽章,和几个同样打扮的姑娘笑得露出了牙齿。米娜说过,这些时髦且能自食其力的准女兵是全镇女孩羡慕的对象,也许这正是吸引格雷塔加入其中的一大原因。

最后一张是穿着党卫军制服的青年男子,乍一看与历史书里的纳粹军官差不多,但多看几眼总觉得有哪里不太和谐。或许是他下巴的轮廓不够坚硬,或者腰背挺直得过于刻意,抑或是他的眼神里少了几分信念,隐隐地蒙上了一层知晓结局的忧郁和置身事外的淡漠。无论换上什么时代的装束,一个过客总能认出另一个过客。

"奥菲欧·蔡特,果真是他。"森上校的语气中并无惊讶,他打开通话器,低头嘟哝了一句,"可以行动了。"

搜查与逮捕同时进行,我必须去格雷塔家看看,就没能再见她最后一面。那天早上在机场里发生了什么,我唯有发动特稿记者的专业技能,依据已知的线索和时空管理局心理专家的分析,在事后回到现场,查看监控,寻找证人。在别无选择的情况下,利用这个专栏赋予的特权,展开不算太离谱的想象。格雷塔到底是怎样一个人,我亲爱的读者,相信你会做出自己的判断——

点单的时候,格雷塔笑得比平日开了些。中午前的客流总是最密的,她穿梭于餐桌之间,及时将菜肴送到赶时间上飞船的旅人面前,步履轻巧,仿佛在完成一套形体操动作,随时都会跳跃起来。"请尽情享用。"她对每个人赠以问候,按部就班的声音里有按捺不住的兴奋:明天我就要和你们一样,被人服务而不是服务别人,成为一个时空旅行者,接受其他人羡慕的目光。

确切来说是偷渡。但名称不重要,重要的是结果。五年了,在这幸运的一年,她终于将摆脱难民的枷锁,去远行,去真真正正地变成另一个人,去彻底遗忘。

那个叫秦易的记者邀请她明天一起出发，他低着头，像在邀请姑娘第一次出去约会，提议中夹杂了重重反复和自我否定：我要去1955年迪士尼乐园的开园仪式，在美国加州的阿纳海姆，做个旅游小特写，挺轻松的，算是半休假吧。方便的话，你愿不愿意一起来？我可以说你是我的助理，有杂志社的申请函，海关会直接放行。不算太贵，我自己反正有报销，你的我付掉就行。要是没兴趣也不要紧，抱歉我可能有点突兀……

她等待这个邀请很久了。自从她查出秦易的身份，翻开他的《一秒之间》之后，这种可能性就不时地刺激着她的期待。他曾带杂志社楼下咖啡馆的女店员混进苏联"伴侣号"卫星的发射现场，曾带研究太平天国的女博士生去咸丰时代探险，曾将写下《源氏物语》的日本女官安顿在新地球的疗养院……他似乎很喜欢对女士伸出援手，不知是出于不够优雅的私心，还是乐于听到她们的感谢，抑或是对大学时没能从白磷弹前救走的越共女游击队员念念不忘。反正，当他在吧台前指控新地球的难民政策是一种奴役和隔离时，说不定他已经在计划下一次工作之余的消遣了。

看吧，五年了，她学会了这里的玩法。她露出从未出过远门似的欣喜，兴致勃勃地听秦易罗列宇宙首家迪士尼乐园里标志性的疯狂茶会、马克·吐温河船、美国大街电影院。她重新翻出了五年前带来的行李箱，从德国带来的衣物还躺在箱底——那些厚实粗糙的布料在新地球格格不入，但到二战后的美国应该还好。

她会陪这个外星来客啃着棉花糖看焰火，给他解释为什么园里几乎看不到黑人，用自己的白皮肤为他的东方面孔抵挡推搡，然后趁人多的间隙消失不见。第二天，他将灰心丧气地踏上回程；而她将从头开始，也许在乐园外的某间餐馆，也许在并不遥远的好莱坞，如果那些犹太人能做到，那她当然也可以。

她还有大半天时间犹豫要不要把那三张老照片带在身边。她是瞒着汉斯偷偷把照片顺进海关的。汉斯教她编了一整套故事，什么偶遇了研究纳粹德国的学者，什么从柏林空袭中逃脱，而在汉斯离去的那些年里，她靠伦敦轰炸幸存者的回忆录,补齐了其中细节。这些照片的任何一张都会让故事彻底崩塌。但她愿意冒这个险,孤身漂泊在数百年之后,至少还有这些仅存的记忆与她夜夜相伴。

去美国就不一样了。没有汉斯,她必须自己想清楚怎么去填补 1945 年以后的十年。一个从轰炸中幸存下来的德国姑娘是怎么踏上美国西海岸的,她不能请教任何人,所以更不能让那些随时都会触动胜利者神经的敌军标识戳穿伪装。她将照片包好塞到床下,在下班回来销毁它们之前,再想想有没有什么其他的办法保留这些照片。

屏幕上跳出订单。是外送单,来自"地球:大迁徙时代"登机口。来餐厅五年,这还是她第一次看到有人在那里点单。应该是刚跑过餐厅门口的那三个中年人,他们胸前挂着临时进入"大迁徙"时期的许可证,戴着学者外出考察时惯用的记录眼镜,东张西望地寻找登机口。

她按下接单,捋了捋鬓间垂下的碎发,拍平微微皱褶的裙摆。秦易是怎么说的? 追溯"大迁徙"的起源是他心心念念的圣杯。汉斯也曾满怀憧憬地提过,在时间尽头有他毕生追寻的东西。希姆莱一次次地派人去寻找圣杯,以为那是雅利安人胜利的钥匙,但他只是一厢情愿地从字面意义误解了汉斯的话。

鹰嘴豆泥配皮塔饼,犹太人的最爱。秦易也点过一次,一边将那白乎乎的黏液涂在干硬的面饼上,一边问她有没有尝过。她屏住呼吸,微笑着回答没有,瞥见下一个顾客举手便快步走开了。新地球让她看清楚了,自己曾坚信的一切只是徒劳——几百年后,人类都离开了地球,却仍然有人在吃鹰嘴豆泥配皮塔饼。

格雷塔提着餐包,凭订单前往海关,看自己定位信息上的临时通行标记开始倒计时,然后奔向她从不敢踏足的机场深处。她扫描了指纹和瞳孔,看红灯跳绿,"管制区域"的大字消失,栏杆徐徐打开。她条件反射地笑了笑,登机口的摄像头记录下了她的笑容。

格雷塔不知道自己只是"盗火者"计划中的一枚棋子,正像她觉得看守"帝国的敌人"只是来自别人的命令。那些咒骂和踢打、距离节日派对不远的刑场、用途不言而喻的封闭铁罐，也只是日常生活的一部分，就如同她那生来卷曲的金发、老师发来的少女联盟胸章、天天招呼顾客"欢迎光临"一样。她曾祈祷汉斯归来，时而愤恨他的背叛，时而哀悼他的死亡，最终淡忘这段往事。又或许她已经猜到了什么，所以才开始寻找出路。当她感觉自己被裹挟进一个无法理解又无力抵抗的故事，她还能做什么呢？

她伸长脖子看舱门打开，双脚止不住地原地拍打。她想尽可能地多记下这里的陈设，这样明天就能和去加州的飞船做个比较，说得让秦易啧啧惊叹。直到飞船降落，他都会沉浸在对那三个学者的羡慕中，盘算如何才能获批去"大迁徙"时代采访，而对身边旅伴总忍不住往外走的脚步毫无察觉。

刚路过餐厅的那三个乘客正围坐在一起讨论着什么，闻声抬头，其中一个人问："'机场快线'吗？我们怕误了航班，麻烦您送来了。"

"你们的鹰嘴豆泥配皮塔饼。"她跨过门槛，在他们的示意下将餐包摆在桌上。她注意到舱内空荡荡的，他们似乎没带多少行李。去"大迁徙"时代什么都不用带吗？她记下这个问题，也许到明天，秦易会向她解释。

"请尽情享用。"

她转过头时，刚才说话的那个人刚好起身，挡住了她的去路。她咕哝了句抱歉，但对方没有退让。与此同时，另外两个人也站了起来。她疑惑地望着他们。

"格雷塔·君特。"领头的人说着，微微地掀开外套一边，露出里面的银色徽章，全息证件从徽章中间跳了出来，"我们来自时空管理局。根据《天罚法案》，你被指控犯有历史遗留罪和潜逃罪，物证确凿，请你跟我们走一趟。剩下的就在路上说吧……我们有的是时间。"

第九届"未来科幻大师奖"获奖作品

（责任编辑：姚海军）

新 贵

鲁 般

　　你不仅能活下去，还能拯救很多像你一样的人。你能终
结一个时代，李先生，一个人命居然被待价而沽的时代。

鲁 般

90后，居住在南昌。一流的猫奴（还是两只），二流的策划，三流的摄影师，四流的天文爱好者，不入流的斯多葛主义者，意外地成了科幻创作者。

其作品风格浪漫绮丽，工笔精细，想象磅礴。现已出版长篇科幻小说《未来症》、中篇科幻小说《忐弥斯》。

：您的姓名，先生。

：K，叫我 K 就行。

：抱歉先生，执行过程是非常严谨的，我需要您完整的姓名。

：……李 K。

：好的，李先生。现在，我们正式开始吧。刚才我的同事已经对您进行了全面的健康检查和背景审核，接下来将由我帮助您进行最后的确认部分。李先生，依据国际人口规划署[①]颁布的《PDO37-R 关于控制人口存量和寿命控制的决议》，并基于刚才您的检查结果，我们认为您符合现行决议中关于人口寿命周期缩减补偿的申请资格，我现在依法受理您的此项申请。以下我会将该申请简称为"PDO 申请"。您的申请代号是 PDO-3210-1287-T9734，目前，您已经完成了申请前的所有准备工作，如果您确认开始执行此项申请，李 K 先生，请用不低于 60分贝的声音回答"确认"。

：是是是，快点开始吧！

：李先生，正如我刚才所说，执行过程是非常严——

：我！确！认！

：好的，感谢您的配合。PDO-3210-1287-T9734 号申请已被正式受理，现在我将进行执行前的事项确认。根据您刚才的健康检查和现状审核结果，我们判断

---

① 作者虚构的国际组织，Population Density Organization，简称 PDO。

您的乐观寿命是 81 岁左右，因此——

：81？怎么可能这么少！现在是个人都能活到 100 岁，为什么我会死那么早?!

：是的，得益于现代医学的发展，目前人类的平均寿命是 107.3 岁，但 PDO 申请除了参考现行人类平均寿命之外，申请者的综合致死率同样也是非常重要的指标。我们会结合这两项结果来预估您的最终寿命，李先生。

：致……致死率？

：根据您的现状审核情况中的结果显示，现年 19 岁的您在未来 20 年间有 86.5% 的概率会处于失业状态，并且您的 6 级以上犯罪风险高出您居住区平均值 29.2%；还有一项环境指标显示，您的自然社交半径中已有 4 人死于他杀，16 人因为参与或间接参与犯罪导致残疾或机体的不可逆损伤。虽然您现在的身体符合 PDO 申请规定的健康标准，但不良的生活条件和犯罪风险带来的寿命缩减是我们必须考虑的因素。如果您对我们的乐观寿命区间判断不满，您可以终止本次申请，这样您会获得一个长达 5 年的延迟。在此期间您无法再次提交 PDO 申请，但您可以在这几年中改善生活习惯，优化社交半径，帮助提升下次申请结果的质量。

：5 年……这么久？

：是的，根据现行决议的相关规定，终止 PDO 申请的公民 5 年内不得再次申请。

：不，不行，我等不到 5 年。81，如果是 81 岁的话，我会得到多少钱？

：如果您接受本次健康检查和现状审核结果，那么基于您的乐观寿命区间和最低削减年数 35 年，您将在 9874 天 8 小时 14 分后死亡，同时您将获得的合法补偿款为 334.2 万美元。

：9874 天，那是……

：46 岁，李先生。如果申请生效，您可以合法活到 46 岁，但您必须在 2124 年 7 月 12 日前往世界上任意一家 PDO 执行中心执行法定死亡。

：46 岁……还有 27 年！

：是的，李先生。

：27 年，只能活 27 年……我能不能减少削减的年份？

：这一点在初审环节开始前，您的接待员应该给您解释过了，针对 30 岁以下的申请者，削减年份的起点就是 35 年。您的申请已经是按照最低年限来削减了，无法再下调，如果您对获得的补偿款不太满意，我们允许您适当增加年份——

：你他妈的，再增加，那我还活不活了！

：很抱歉，先生。申请削减的年份也是资格审查的一部分，太多或者太少都会背离 PDO 全球人口规划战略的初衷。不过，如果您确实对最终的结果不满意，直到我们的确认环节结束前，您都可以选择终止本次申请，并获得 5 年的延迟，这是您的合法权利。

：确认……确认之后就是打针了，对吗？

：是的，李先生。确认环节结束后，就是正式的受理阶段。我们会为您注射 PDO 申请专用的基因合成制剂，之后整个申请环节就全部结束了，您只需要等待放款即可。PDO 制剂的注射是为了确保您法定死亡的保险机制，它会一直处于静默状态，直到您的法定死亡日期那天。如果您在法定死亡日期到来后仍没有前往执行中心执行法定死亡，制剂便会发挥作用。我们把它称为反应期，根据个人体质的耐受能力大概会持续一至三个月，但最多不会超多三个月，它会逐步干扰您的正常身体机能和行为能力，引发的不适和疼痛会随时间变长而逐渐加剧，并在一个月内达到峰值，任何药物干预和治疗手段都是徒劳的，您会因此承受极大的痛苦并最终死亡。所以，为了避免这种情况发生，请您务必在出现 PDO 制剂反应症时致电任意一家 PDO 执行中心获得帮助，我们将竭力为您减轻痛苦，并确保您的死亡执行流程符合现行规范和人道主义精神。请您牢记，在法定寿命结束前死亡，是您应尽的义务。

被敲门声吵醒时，太阳似乎才刚刚落下，窗外原本应该五光十色的高楼还没亮起灯火，整个城市陷入了短暂的昏暗。

K半睁着眼躺在客厅的地上，整颗脑袋深埋在沙发的凹陷里，鼻腔里充斥着棕黑色软皮散发的涩烈气味，这似乎能够解释为什么刚才的梦里，他会见到多年前把沙发卖给自己的那个俄罗斯人。K记得那人整只手臂上几乎把西伯利亚高原现存的所有野兽都文了一遍，他穿着溅满动物血渍的雪地靴，浑身散发出的味道和此刻K鼻子里的一模一样。

K记得俄罗斯人当时就站在刚刚定制好的沙发旁，一边喝着浑黄的冰镇伏特加，一边向K夸夸其谈。他拍着胸脯，一脸骄傲地描述着这两头刚刚成年的堪察加棕熊是怎么倒在自己的枪口下，如何挣扎哀嚎，又如何在千刀万剐后最终变成了眼前这张舒适的沙发。

这张沙发，是K拿到PDO补偿款后买的第一样东西。

购买这张沙发的原因既简单又梦幻——他以前一直住在一栋废弃大楼的天台上，那里常年竖着一块废弃的西伯利亚旅游广告牌，他每晚与那宣传画上踏着积雪奔爬咆哮的棕熊对望，想象自己也能像高大威猛的斯拉夫人[①]一样将它们骑在胯下。而这样的白日梦，他做了整整6年。

直到拿到补偿款的那天，他想不留遗憾地离开天台。

2万美金买来的熊皮沙发被架在搬运车的最上面穿街过巷，而他则趾高气扬地坐在沙发上，梳着油头，高举酒杯，深陷在臃肿的皮草大衣里——那是俄罗斯商人用制作沙发的边角料拼缝的赠品，浓密的棕鬣似乎还未褪去剃拔时的血腥，散发的味道比此时他鼻腔里的还要难闻百倍。可是，K也不知道为什么，当时的自己却浑然不觉，反而从那种令人作呕的腥涩里尝出了美梦成真的愉悦。

不过这份愉悦，他一直在独享，就算那天大摆阵仗，也鲜有围观的人。K感到失望，却也早就料到，因为他周围的人以及这世界上的大部分人，都已经对这类一

---

① 源自古罗马时期的欧洲民族，目前主要生活在俄罗斯、白俄罗斯和乌克兰。

夜暴富的故事习以为常。

他们把像 K 这样靠着 PDO 申请变成富翁的人,称为"新贵"。

广告语上说得好听,这是为了什么人口控制做出的牺牲,但其实就是不想再过苦日子的人选择用命换钱。这些新贵拿到钱后做的第一件事,都和 K 一样,在原来居住的地方炫耀一番,花样不尽相同,比 K 更加夸张,喧闹几天几夜的都有,等到铺张浪费够了,就彻底离开了。

"滚开! 我谁都不想见!"

被吵醒的 K 大喊了一声,然后便是几声剧烈的咳嗽。他缩起身子,一鼓作气从沙发上坐了起来。

两周前,从那场突如其来的头疼开始,就好像有什么人在 K 的心脏拧紧了计时发条,每分每秒他都可以感觉到自己在衰老,无法快速咀嚼,无法长时间站立,全身的皮肤开始出现非常不自然的干瘪,到现在连大声说话似乎都能要了自己的命……这一连串的变化发生在短短十几天内。PDO 执行中心的人早在半年前就送来了一本厚厚的说明手册,并详细地讲解了这期间他要承担的痛苦,从最开始的体力下降、失眠、弱视、血糖降低……到最后的完全丧失行为能力、失明、失智和全面器官衰竭。上门的专员对着手册,如数家珍地念了足足一个小时。K 还记得当时自己一丝不挂地躺在床上,羔羊绒的毯子下面是几个同样赤身裸体、"忙碌不堪"的女人。专员条分缕析的讲解,成为几十年来他经历的最枯燥乏味的前戏。

那时的 K 完全没想到,那些掺杂着各种生僻词汇和缩写的名词,都对应着此时此刻伴在左右的痛苦。

刚才的大吼并没有让敲门声停下,这令 K 十分恼怒。

他想再骂上几句,但震颤不停的喉咙并没有能力把那几句挂在嘴边的脏话说出口。按照他原本的计划,连续灌下三瓶金酒至少可以让他昏睡到明天一大早,但这阵敲门声不仅提前解除了"麻醉手术",还不依不饶地轰炸着自己不堪重负的耳膜。酒醒后的人最怕吵闹,而对于一个处在 PDO 反应期并且酒醒的人来说,吵闹的定义,是指这个世界上的一切声音。

"操!"

他紧咬着牙,用双手撑着地板缓缓地站起来,加快脚步越过堆满酒瓶和食品包装的客厅,来到公寓门口,用力拉下把手。

终于,那个要命的声音消失了。

"你没有听到吗？我谁也不想见!"K说完这句话后,扶着门一脸愤懑地看向门外。

出人意料,是个女孩。

她的个头还不到K的肩膀,却披着一件即使对K来说也显得过大的牛仔外套,宽阔的袖筒和肩线把她干瘪的身型衬得更加细弱。她的脸颊被浅浅的雀斑覆盖,泛着年轻女孩特有的从里而外的粉嫩光泽。

"那个,请问是李先生吗?"

她开口说话时,K才注意到她清瘦干净的脸上配着两瓣缓缓开合的、艳丽的红唇,那种完全不属于她的色彩,在她脸上硬撑出了几分艳俗。女孩似乎就是想达到这个效果,就连说话也刻意提着嗓子,那种假扮成熟的抑扬顿挫和刚才的敲门声一样令人讨厌。

"PDO已经开始雇用童工了吗?"K一边说,一边重新抓起把手,已经做好了关门的准备,"是不是以为找个孩子来,就不会被我赶走?"

"不,我不是PDO的人!"女孩感觉到眼前的男人对此刻的对话厌烦至极,急忙说道,"我找你,是有非常重要的事情!"

"呵呵,省省吧,用这种方式开场的,已经来过好几个了。"K不屑地笑了笑,将一只手按在女孩的肩膀上,用力往外一推,"听着,我一分钱也没剩下,就算剩下了也不会捐给什么慈善组织,也不需要临终心理疏导,更加不需要定制葬礼!我——不需要——任何人——站在我的门口——对我说任何话!"

"现在——"K用力深吸了一口气,他没想到自己只是加重了几个语气,肺部连着整个胸腔就仿佛被抽干了一般剧痛难忍，同时折磨着他的，还有连骂人都骂不顺畅的挫败感。现在，他只想关上门，再去厨房找几瓶足够把他喝挂的酒，进入下一场天昏地暗的睡眠。"你，可以滚了！"

"等等！"女孩奋力地冲上前，抓住房门的边缘，"我真的有非常重要的事情。"

"滚！"K捏紧了把手，再次大喊一声。

"可是——"

"如果你再大吼大叫，我保证，你会比我先去地狱门口排队。"

"不，等等，我是——阿旭。"

"我管你是谁！滚开！"K抓起女孩的手，用尽全部的力气朝外甩去。这次，女孩硬生生地摔在地上。

K并没有多看一眼，而是立即关上了房门。

K贴靠着门，用力喘了几口粗气。和这段时间对付过的其他人相比，这个女孩其实并不算难缠，但依旧耗费了他不少力气。他隐约感觉到身体的某些关节发出嘎吱的声响，就像年久失修的零件在机器内部挤压摩擦，如果再折腾久一些，说不定哪根骨头就会当场报废。

好在外面没有再传来任何声音。

他扶着墙，从玄关慢慢地移动到厨房，他拉开冰箱门，从上至下扫视了一遍。颜色各异的酒瓶堆在一起，将箱门上的照明光反射成一道道五光十色的霓虹。不过如今，眼前绚丽的景色已经无法再打动他这位麻木不仁的观众。几天前出现的味觉退化已经让他失去了这份快乐，对他来说，这些瓶瓶罐罐如今就只剩下酒精浓度的区别。

PDO就是这样想的吧，一点点地剥夺所有能让人生前快乐一点的东西。

他叹了一口气，想在这些瓶瓶罐罐里找到一个能让他暂时告别疼痛的、甜美的答案。毕竟，酒精在让人暂别烦恼这件事上，似乎永远都会奏效。

他的目光停在冰箱最下层的一个墨绿色的酒瓶上，那个绘满了古怪图腾的瓶身像是带有某种魔力，在映入他眼帘的下一秒就紧紧地控制了他的思绪和神经。

"这瓶……"K蹲下来，拿起酒瓶仔细地看了看，发现瓶盖居然是开启过的。瓶身上至今还缠着一根弯折的银色丝带，上面铺洒的细密金粉让它即使在最底层也依旧格外惹眼。

这瓶酒，应该是被当作礼物包装过的。

K搅动了一下舌头，咽了一口口水，努力回忆着上一次喝到它的时候。

突然，他触电般地站了起来，几乎想也没想地奔向门口。

抓住把手，推开房门。完成整套动作的速度快到连他自己都很意外，仿佛慢一秒都是无法容忍的过错。

当看到刚才的女孩依旧在门口，K才撑着墙，如释重负地长舒了一口气。

女孩似乎刚刚从地上站起来，右手掌心紧紧地盖住左侧的手肘关节。从她微微咬牙的样子来看，应该是刚才倒地时蹭出的擦伤。

女孩看到重新出现在自己面前的K，既没有闪躲，也没有主动开口说话。

反倒是K，格外专注地看着眼前的女孩。他的脸上带着难以抑制的兴奋，像是一个好不容易熬到生日、终于拆开礼物的孩子，那是很久都未曾出现在他脸上的表情。

这样的对视持续了好几秒，K才回过神，将房门彻底打开，开口说道："所以，阿旭，真的有这个人。"

"当然！"女孩站直了身子，抬头看着一脸惊愕的K。

"张衡他，居然真的有个女儿……"K停顿片刻，咽了咽口水，"活着的女儿。"

：连孩子都不能生？

：是的，您的生育权在法律层面同样会被剥夺，所以PDO制剂会起到限制您生育能力的作用。

：那……那个……

：请您放心，制剂不会对您正常的生理需要造成任何影响。

：我不是那个意思，我想问，我什么时候可以拿到钱？

：补偿款将在申请生效的八小时内划拨到您的指定账户。申请一经生效，不可撤销，您需要立即开始履行您应尽的义务。

：义……义务？

：关于这方面需要跟您说明的一共有三部分。第一部分是您必须承诺放弃的权利。决议生效日起，您不能从事公务等级 4 级以上的职务，不能在国家机构任职或参与国家机构分派的项目和工程；您不再享有包括选举权、被选举权、继承权和继承分配在内的 27 项权利；您持有的资产不能参与或间接参与世界贸易组织规定的等级为 C 级及以上的贸易行为，不能持有任何具有投资属性的金融产品，包括股票、基金和债券；您无法购置任何被联合国教科文组织认定的文物或重要文化衍生品、历史超过 100 年的不动产以及其他所有被认定为禁止 PDO 申请者持有的商品，您可以随时访问 PDO 申请中心的官网来查看具体的类目。这是为了确保您的提前死亡不会对正常的社会秩序和人类重要文明的传承造成不必要的影响，当然也包括避免一部分社会资源的浪费。

：所以，我的存在是浪费社会资源？

：当然不，李先生。在合法范围内，您可以尽情享受您的补偿款。

：那如果我死之前还没用完那些钱呢？

：根据决议规定，包括您遗体在内的所有所属物都必须由 PDO 执行中心统一回收处置。

：我也不能，把它留给别人吗？

：我想我刚才已经解释过了，您任何形式的资产都不能被继承，或者用作其他任何被 PDO 执行中心明令禁止的用途。

：呵呵，就算留给你也不行吗？

：这是被禁止的。不仅如此，为了维持这项申请的公允，PDO 申请中心和执行中心的员工及直系亲属都在 PDO 的禁用名录里，我们不能申请该项目，也不能和 PDO 的补偿金产生任何直接关联。

: 你们的老板还真是挡了你们的财路。

"所以……你们就住在这样的地方。"

阿旭环顾了一圈周围，实在没有找到看起来能让她坐下来的地方。几乎每个可以容纳物体的平面都被堆叠的酒瓶和药瓶占据，房间充斥着无法辨别来源的味道，整间晦暗的公寓就像一个长满可怕肿瘤的脏器。

她靠着一面还算干净的墙，叹了一口气，"我以为，新贵们住的地方都是……"

"摩天大楼的顶层，百米长的室外泳池，比基尼和香槟，身边不是跟着司机，就是跟着用人，你以为的是这些吗？ PDO 的宣传片可真是骗了不少人。"K 拿起那瓶唤醒他记忆的墨绿色酒瓶，漫不经心地喝了一口，除了酒精固有的辛辣，依旧是索然无味，"但真相是，大部分的东西我们都不能买，而且他们还在逐年增加禁购条目。当然，大部分的房子我们根本没有住的资格，只有这种专门为新贵们修建的公寓最吃香，租一个，死一个，然后租给下一个。这栋大楼应该算得上这座城市最恐怖的凶宅吧。我来这里看房子的时候，之前的住户就半死不活地躺在地上，PDO 的人一边清点资产，一边帮他清理地板上的呕吐物。"

"然……然后呢？"阿旭被 K 的讲述吸引了，这个年纪的孩子，似乎都喜欢故事以这种阴森又神秘的方式开场。

"然后就把他带到了执行中心。"K 笑了笑，做了个抹脖子的动作，"说不定你再晚来几天，我就可以亲自演一遍给你看。"

K 又喝了一口酒，然后看着阿旭，"那么，你是怎么找到我的？"

"其实也是碰运气，爸爸经常说一句，嗯……"阿旭回想了一下，接着说道，"'我去隔壁找那个李 K 喝酒了'，大概是这样。我想，既然敲他的房门没人理，说不定隔壁会有人。"

"等等！敲他的房门？你是来这里干吗的？"

"当然是找我爸爸，这还用说吗？"

"找——"K只觉得头一紧，仿佛脑子里某根被麻醉的神经突然被人用纤细的镊子挑了起来，这种隐秘的疼痛并不剧烈，却有种类似于被闹钟叫醒后莫名的烦躁，"你不知道你爸爸已经……"

"已经？"阿旭似乎被K突如其来的反应吓了一跳，她直起身子，紧贴着墙面，小心地问，"已经怎么了？"

K看着阿旭，认认真真地看了足足半分钟，才叹了口气说："听着，我没有孩子，我还是个孩子的时候我的父母就都死了，我真的不是那种会和孩子相处的人……我就直接说了，你爸爸，他法定寿命到了，所以死了，就和我刚才讲给你听的那个租客一样。"

K的脑海里其实组织过比这番话更含蓄的表达，比如用上一些做作的成语，或者干脆撒个谎，比如说她爸爸去了很远的地方不会再回来之类的。

电影里都是用这一套说辞来糊弄孩子的，不是吗？

他真的有那么想过，但他很快就意识到，自己就是一个将死的人。一个要死的人，还需要用什么词来包装死亡这件事呢？任何修饰都是多余的，死了就是死了。

阿旭站在原地，表情彻底僵住了。

不过令K非常意外的是，阿旭并没有在下一秒开始号啕大哭。事实上，她的脸上并没有任何悲伤的成分，而是一种，就跟她嘴唇上那扎眼的红色一样，与她那张稚嫩的脸极不相称的镇定。

"这，不可能啦！"阿旭摇了摇头，肯定地说道，"他不会因为那种原因死掉的。"

"他走之前那晚，和我道别的时候还带了礼物。"K举起了手里紧握的那个酒瓶，用力地晃了晃，"听着，他也是我非常好的朋友，但……我不知道你这个年纪的人能不能理解，像我们这样的人，到了时间就会死掉的。"

"可爸爸不是这样的人。"

"我是看着他被 PDO 的人带走的，那些人……"

"PDO 的人？那些人把爸爸怎么了？"

K 深吸了一口气，不由得抬起手用力揉了揉眼睛，像是有什么原本淡忘的东西，突然一股脑儿扎进了回忆里。"当时我就站在门口，通过猫眼看着走廊上发生的一切。他被几个穿着 PDO 制服的人接走了，大喊大叫似乎在反抗，但也可能是怕死。我原本想推开门和他道别的，但我的法定寿命也到了，开门……只会迎来一堆盘问。"

"你应该开门阻止的。"听到这里，阿旭的神色才逐渐紧张了起来。年轻的脸庞，还没有练习过藏下一丝一毫的忧愁，"这下不好了……我得想办法救他。"

"救……救他？你他妈到底明不明白？他死了！PDO 的人带走他，就是带他去死的！"

"是你不明白，爸爸不会因为这个死掉。"

"看来这个浑蛋真的什么都没告诉过你。听着，申请了 PDO 的人，最后都会走到这一步，这栋楼的每个人都是 PDO 的申请者——"

"他不可能申请 PDO。"阿旭深吸一口气，从那件宽大的牛仔外套的口袋里掏出了一张被透明塑胶套小心封好的卡片，看起来是某种通关的门禁卡，那上面清晰地印着一张半身照。

那绝对是张衡，但却比 K 熟悉的那个张衡要体面得多。棱角分明的脸颊，沉着的笑意，铅灰色的西装配着宝蓝色的领带，而那枚白色的领夹上，是一个由三个无比鲜亮的英文字母组成的标志，那是一个，K 再熟悉不过的标志。

"他没告诉你，他就是 PDO 的人。"

"他……是……"

阿旭并没有回答，但 K 已经从那张递到他面前的卡片上找到了答案。张衡副教授,执行中心高级别顾问,药剂科。

"他在 PDO 的禁用名录里,他不可能因为这个而死。"

"可是他……"K 看着眼前的阿旭,和那个冠上副教授头衔、判若两人的张衡,他的脑袋陷入了一场彻头彻尾的眩晕,那是一种灌下多少瓶酒也无法到达的混沌。他觉得自己的身体犹如在一个无限循环的空间里,无限次地下坠,无法着地,"所以……他……"

"如果你那天看到的,真的是 PDO 的人,"阿旭抬起头看着 K,嘴唇无法抑制地颤动着,"那爸爸的麻烦可就大了。"

: 言下之意就是,如果不听你们的话,那我的麻烦就大了。

: 您可以这么理解,一旦申请通过,就视为您默认遵循所有条款内容。我们必须要确保您在未来的法定寿命里不会做出违背 PDO 决议精神的事。如果您持有较为贵重的文物,或者参与非常重大的国家项目,在我们认为非常重要的机构担任职务,都会有碍于 PDO 决议的执行,所以才需要您放弃部分公民权利。当然,您其他的合法权益依旧是受到保护的。

: 我们这些要钱不要命的人,在你们眼里还有合法权益?

: 在我们眼里,你们是为了更好地控制世界人口存量而做出示范的先锋公民。在几乎不存在疾病困扰,人均寿命接近最大上限的当代,为了控制人口过快增长,你们选择放弃自然寿命、诸多公民权益和社会资源,你们的牺牲是极为可贵的。

: 真是感人,你应该没少念这段话来忽悠人吧?

: 李先生,我相信世界上其他人也会同样感恩你们的付出。

: 呵呵,他们……真的会感恩我吗?

"你说话能不能别那么难听?"K 说出这句话时,连喘了几口粗气。

"怎么，你的意思是我还得对你感恩戴德？"楼层管理员看着捏紧拳头的 K，冷笑了一声。他虽然是个快 100 岁的老头，但身材依旧保持着青壮年的魁梧，浮夸的文身从耳后一直蔓延到大拇指，看起来是年轻时为黑帮卖命留下的遗产；一并遗留的，还有咄咄逼人的语气，"你就是个死人啊，你自己不知道吗？两周前你就该死了，死人该待在墓地里，而不是住在房子里，你现在只是赖在这里的尸体而已。"

K 不是第一次迎接这样的羞辱，通常，他并不会过多纠结。这样的奚落，从他自天台搬走那天起就从未断过，而他也早已经失去了争辩的兴趣，大步走开或是关上房门，都是让耳根清净的好办法。

但此时此刻，他却没法儿一走了之，因为眼前的这个管理员是打开这扇房门的唯一希望。在软磨硬泡了快半小时之后，他才终于肯从衬衣口袋里掏出那张门禁卡，无论如何都不能在这种时候前功尽弃。

"那个……麻烦你了。"他一边说，一边不自觉地低下头，"我只是想进去找找，我的东西落在里面了。你也知道，之前的房主是我朋友，他已经……"

"你的东西？呵呵，这世界上现在唯一属于你的东西，就是每天准时寄到楼馆部的催促函。上面说，要我提醒你，再不去执行中心，你就要死在这栋楼里了！真是不知道为什么他们就是不肯直接派人把你们这些到期的垃圾强行清理走。"管理员一边说，一边一脚踹开了解锁的房门。虽然对 K 的厌恶写在脸上，但他确实没有任何理由拒绝为 K 开门，即使法定寿命到期也不能限制申请者的人身自由，这是 PDO 给新贵们最后的体面。

"赶紧把你的东西拿走，不要影响我租给别人。"

管理员丢下这句话，便径直走向了楼道尽头的电梯，一刻也没有多留。

K 深吸了一口气，一种油然而生的疲惫开始贯穿他的身体。虽然只是半小时，但对现在的他来说，已经站立得太久了。他伸出手扶住打开的房门，正要走进去时，发现阿旭正发愣似的看着自己，像是被刚才的争吵吓坏了。

"你怎么了,不进去吗?"

"啊……"阿旭回过神来,点了点头,"刚才那个人……"

"怎么?"

"很凶啊,他对谁都是这样吗?"

"现在你知道,新贵都住在什么样地方了吧。"K笑了笑,撑住房门,对这个来见世面的小姑娘做了一个请进的手势,"下面你可以深度体验一下。"

房内的格局和K的公寓完全一样,细长的走廊,然后是敞开式的厨房和中岛,客厅一直连接到抬高一层的卧室,半圆弧形的阳台被一片片落地玻璃分隔开,外面,是已经被霓虹装点得璀璨夺目的都市。

K在客厅的沙发上瘫坐下来,非常娴熟地将手伸进一旁的移动酒柜,并从里面掏出了一小瓶铝罐装的啤酒。

勾起圆环,用力一拉,明黄色的气泡混合着清甜的果味一起迸裂出来。

突然,他像是意识到了什么,猛地看向阿旭,"按照PDO的规定,如果申请者的法定寿命结束,这些东西都是要被回收的,可是……都还在。"

"我都跟你说了,他不是新贵。"阿旭自从一进来,就没有再顾及K,而是非常专注地坐在阳台边的书桌上翻找着什么。这是K和张衡房间几乎唯一的区别——一张书桌,张衡搬进来后专门添置的。在K的印象中,那上面永远堆积着数不清的文件,以及各种看起来像是机器零件的金属,桌子正中央的电脑也总是保持着开机状态,宽阔的曲面屏幕散发着莹亮刺眼的蓝光,"看来他还真是很小心,什么都没告诉你。"

"也不是什么都没诉我,至少我知道他有个女儿。"K喝了一口啤酒,味觉失灵已经让整个舌头都陷入麻木,只有一阵冰凉顺着喉咙滑下,"他……他真的很爱提到你,几乎每次见面都会提到你,什么你的生日、你最爱的电影,还有你嚷嚷着要他带你去看的展览。"

"太空乐园?"

"好像是这个名字。"

"他居然还记得。"

"不仅记得，而且成天念叨。"K瘫倒在沙发上，不由得笑了笑，"我开始以为这些都是他的幻想，可能你早就死了。你不知道，有些人快到反应期时，因为过度害怕就会突然发神经，看到些人啊鬼啊什么的。"

"为什么你会觉得他做了PDO申请？"阿旭坐在电脑前，一片蓝光照在她的脸上，使得原本就认真的神色变得更加肃穆，"他告诉你的？"

"住在这里的，不都是新贵吗？谁会刻意提到这种事，难道见面就要互相打听什么时候死吗？"K侧过身子，看着在电脑上忙碌的阿旭。从这个角度看，这对父女还真是有些神似。K感觉自己似乎恢复了一些精神，刚才被惊醒时的疼痛难耐也消退了大半，他饶有兴致地看着阿旭，呼吸也逐渐缓和起来，"欸，既然你活得好好的，他为什么要住在这里？你们……没有家吗？"

K脱口而出的"家"字，让公寓里突然陷入一阵沉静，键盘的敲击声也在那一刻戛然而止。虽然屏幕几乎挡住了阿旭的整张脸，但K似乎能感觉到，眼前的那个女孩从手到脚都在微微地颤动，就像某种昆虫的振翅，带动着周遭的空气一起浮动。K没有应付过这样的情况，他拿起啤酒罐的手僵在半空，连呼吸也跟着小心起来。

过了好一会儿，屏幕那边才传来阿旭的声音，"我家，在恺撒区。"

K愣了一下，然后才点了点头说道："啊，这样，那是很好的地方。"

寸土寸金的恺撒区，一直都是新贵们望尘莫及的地方。虽然PDO决议里并没有规定新贵们不能出入，但恺撒区几乎所有的商铺、酒店甚至公交，都无法受理新贵账户的支出。谁都知道，那里住的是真正的有钱人，而他们最看不惯的，就是K这种假模假样、穿金戴银的穷鬼。

"爸爸逃跑之后，他们就派了人二十四小时守在我家。"阿旭停顿了一下，继续说道，"之前，都是用爸爸设定的电台和他通信，后来……电台不起作用了，他也没有联系我,我就在学校和同学换了衣服,偷跑出来……他还答应,会在太空乐园开幕那天回来带我去玩的,都是骗人。"

"你刚才说……逃跑?"K若有所悟地点点头,"怪不得他会住在这种地方,这里的临时租客很多,也根本没人认真登记。"

"如果,我能早点找到这里就好了。"

"他到底发生了什么事?"K从沙发上坐了起来,看着屏幕后的阿旭。不知为何,这间他再熟悉不过的公寓竟然开始令他周身泛起一丝陌生的凉意。

"我……我也不知道,但他一定做了什么让PDO非常痛恨的事情。我只记得,很久之前的一天,他下班回来,就开始收拾东西。他跟我说,他要出差很多天,他会通过我们的秘密电台和我联系,但却不肯告诉我他要去哪里。过了很久,他才透露自己暂时住在这里,但是不允许我告诉别人,也不允许我来看他。"键盘的敲击声再次停下来,阿旭的声音断续着,似乎在强忍着什么,"没过多久,PDO的人就找上门了,爸爸的名字也从PDO的员工列表里被剔除,那些人闯进我家,说什么是来保护我,然后便开始翻箱倒柜,不停地盘问我一些完全回答不上来的问题。也就是那天,爸爸最后一次和我通过电台联系,说这里已经不安全了,他必须离开,之后就……"

"原来那天,他说的离开不是去死,而是……"

K突然回想起一周前他在公寓门口看到的那一幕,穿着PDO制服的人,把他架在中间,张衡当时似乎在喊叫、挣扎,声音在整个走廊里回荡。这些画面一直隐藏在他脑海深处,直到此刻才被重新唤醒。K的眼前无比清晰地印着张衡当时的样子,他看起来根本不是被接走的,而是被绑走的。

K站起来,走到阿旭的身后。

电脑屏幕上是大大小小被打开的文件夹,以及一堆K看不懂的代码弹窗。阿旭的眼睛紧紧地盯着那些不停闪烁的数字和字母,不停地打开,关闭,又打开。

"都删得差不多了。"阿旭捏紧了鼠标,似乎在强忍着胸中的愤懑,"什么都找不到！他们这么做，一定是因为爸爸取得了什么进展，所以才……"

突然，阿旭转过头，看着K急切地问道："他走前最后一晚，来给你送酒了，对吗？"

"对……"K看着阿旭突然严肃起来的脸，愣了几秒钟才回答，"可……已经被我喝了，就在刚刚。"

"不，酒不是重点。他来找你，有说过什么特别的话吗？"

"特别的？"

"快想想，这非常重要。"

"真的没什么特别的，他来找我时，我吃了止痛药躺在沙发上，他送酒来，直接把酒放进了冰箱里，然后对我说，他就要走了……我以为是他法定寿命到了，不想受苦，所以主动去执行中心。"K下意识地看向这间公寓里对应着他那张沙发的位置，想了一会儿才说道，"没有，没什么特别的，我们根本就没有聊天。他送完酒，说要回去处理什么邮件，就走了。"

"邮件？"

"嗯，邮件。"K肯定地点了点头，"我还骂了他，问他是不是打算写篇遗书。"

"没错，邮件，就是邮件。"

阿旭转过头，熟练地移动鼠标，在堆满文件和程序的屏幕上翻找着，邮件、发件箱、最新发送、检索全部发送……

"也都被删光了。"

"看痕迹，是爸爸自己删除的。"

"自己删的？"

"应该是预感到了什么，为避免被发现，所以才早做准备。"

"那……"K目不转睛地盯着屏幕，似乎也被这个操作键盘驾轻就熟的女孩带入了某种难以言喻的紧张里，"还有什么办法吗？"

"按照这个邮箱的设定，如果现在新建一封邮件，应该会默认显示出最后发送的地址,所以……"阿旭想了想,打开了新建邮件的选项,收件人,填写收件人,默认发送至——

在阿旭那声敲击后,整个公寓陷入一片寂静。书桌前的 K 和阿旭盯着那两段显示结果,他们的脸完全被屏幕散发的蓝光笼罩,宛如漆黑夜空下一片沉静又诡谲的海。

上个收件人: User3

上一封主题: 关于 PDO 制剂抗体的合成实验第 142 次结果,成功。

: 下面是第二部分,李先生。

: 刚才说了那么多才是第一部分?

: 刚才是您必须放弃的权利,第二部分是您必须履行的义务,而且这部分事关您的生命健康,李先生。

: 如果我在意我的健康,我压根儿就不会来这里……真是麻烦,快点!

: 好的,李先生。您需要履行的义务中最重要的就是在法定时间内死亡,而在此之前,你同样需要恪守一些决议要求的准则,特别是第四十五页的第二项第四条。

: 第四条? 我看看……医疗与科研服务的排他性。那是什么?

: 除非 PDO 执行中心,或被 PDO 执行中心认定符合资质的医疗和科研机构许可,否则严禁您使用自己的血液、器官和身体组织参与任何二级以上外科手术、医学研究或基因工程项目。关于这些被禁止的项目,我们在合同附录中有非常完整的说明。李先生,PDO 制剂是高精密度的基因制剂,任何实验,即使是看起来无害的实验都有可能引发药物的连锁反应和基因序列紊乱,对此产生的后果我们无法预估,请您善待自己的身体和法定寿命,切勿听信谣言和参与任何违背 PDO 决议的实验研究。

：连手术都不行？

：这是为了防止部分恶性事件发生。想必您也留意过 2 年前的新闻，在阿根廷有器官贩卖组织盛传，摘除一部分胰脏可以抑制 PDO 制剂的效用，一些 PDO 申请者前去手术，导致发生了很多不必要的悲剧。李先生，PDO 制剂并不存在于你体内的任何一个脏器里，是无法通过简单的切割或者移除产生任何效果的。

：看来你们见过很多这样的例子。我只听说几个月前马尼拉的黑市有人做速冻针，据传把人冰冻起来、没有新陈代谢，就不会死。

：类似这样的说法都完全不可信，李先生。这就是我们必须单独提醒申请者的原因，虽然这对你来说为时尚早。

：为时尚早？呵呵，可如果到了我死的时候真的有解药了，那怎么算？

：李先生，PDO 制剂并不是毒药，所以也不存在解药。每个人的基因序列中都包含了正常衰老所致的寿命阈值，按照目前人类的健康标准平均是 104-127 年，我们只是通过人为干预压缩了这个阈值，并加入一些附带的作用机制。这个植入的代码是绝密、安全且不可逆的。其次，在法定寿命结束前死亡，是您应尽的义务。PDO 制剂只是眼下我们认为最便捷高效的强制措施之一，它是手段，并不是目的。

车停在一个废弃的工厂前。

"就是这里？"

K 打开车窗看着外面，迎面灌进车厢的冷风令他连续打了几个哆嗦。

从公寓到这儿的整个行驶过程，司机都不时地通过后视镜打量着这对奇怪的乘客，一个双眼通红、目光涣散的中年男人，和一个裹在牛仔大衣里不停地看着窗外的女孩，怎么看都不是合理的组合。

最奇怪的是他们的目的地——泥垢区。

在它还不叫泥垢区时，这儿其实是个热闹的矿区小镇，后来矿区关门，就被毒枭和黑帮盯上,变成了远近闻名的不法之地,毒品、赌博和枪支生意在这个边陲之地如火如荼地进行。据说在它最繁荣鼎盛时,还差点儿宣布独立成为一个国家。可惜,几年前的一次塌方把半个小镇都埋进了地底,那些不法之徒立刻抛弃了这里,另寻乐土,它才彻底变得无人问津。

泥垢区。后来,人们都这样叫它,就像一道生长在城市边缘难看的疤。

"IP 地址显示就是这里,而且,爸爸电台的某个接收地址也是这里。"

阿旭打开车门,迫不及待地奔向了那扇看起来锈迹斑斑的厂房大门。

"在这儿等我。"K 看着司机,前排的结算面板上显示着实时的金额,他抬起手,靠在车门把手上,一声清脆的提示音后,结算面板上便出现了"已完成"的字样,和一个一闪而过的 K 的人像。

"当然,先生。"司机毕恭毕敬地点了点头,没过几秒,司机又突然转过头,有些害怕地看着 K,笨拙地复述着刚刚突然出现在他操作面板上的语句,"那个,先生,结算您账户的时候,系统收到了 PDO 中心的消息,要求我提示您……您的法定寿命已经逾期 46 天,为了避免制剂反应期可能造成的不适,请您——"

"我花了 800 美元,买了你一整天。"K 并没有等他说完,径直推开了车门,"所以闭上嘴,乖乖地在这里等我。"

K 追上阿旭时,她已经站在了厂房的侧门门口。这扇被铁锈覆盖的门上清晰地印着"高压车间"的标志,几乎完全褪色的裸体女郎涂鸦铺陈其上。金发碧眼的舞娘趴在地上,套着网眼丝袜的双腿迎面叉开着,两腿之间正好是门锁的位置。

K 看着眼前香艳的画面,正想着要不要遮住阿旭的眼睛,或者说点什么,没想到阿旭直接转头看向他,一副做好决定的样子。

"昨晚敲你家的门,我也做了很久的心理准备,还好门里面是你。"阿旭深吸了一口气,抬起右手放在了门上,"希望这次敲门也会有好的结果。"

K 愣了一下,笑了笑说道:"放心吧,总不见得会被人再推倒一次。"

不过,扣响几声之后,门并没有打开。

反倒是厂房上面的顶窗，在一阵刺耳的摩擦声后裂开了一条缝，被涂鸦填满的玻璃窗户完全透不过光，缝隙里只是隐隐可见薄薄的一层阳光反射后的霓虹。接着，一支黑色的枪管从里面伸了出来。

K 想也没想，把还愣在原地的阿旭抱在怀里，扑倒在地。

"枪，是枪！"K 大口喘着气，他蜷缩着将背弓成弧形，把阿旭的身体罩在怀里，"别怕，不要怕！"

"不……你……"

"那种枪，我在以前打工的赌场见过。开了一发，就要重新装填子弹。"

"什么……"

"如果开枪了，你就跑，听到了吗？你就跑。"

他紧咬着牙，闭着眼睛，似乎全身上下所有的感官都在等待那一声清脆的枪响。

但他们等来的却是一个有些娇嫩的女声。

"三句话。在我开枪之前，你可以说三句话。"黑色的枪口对准了紧紧蜷缩成一团跪在地上的身体，扣着扳机的手悠然地打着节拍，像是某种节奏规律的计时器，"一。"

"不，等等，我是张衡的朋友。"K 咬着牙，非常艰难地站起来，转过身看着从窗沿伸出来的枪口。他能感觉到阿旭紧紧地贴着自己的背，正急促地呼吸着。

"朋友？"一阵轻蔑的笑声过后，节拍再次响起，"我怎么不知道他有这样的朋友？"

"我真的是他的朋友，我……我就住在他隔壁。"

"第二句了，可惜是一句废话。"窗口又传来了一声冷笑，"看来你不怎么珍惜活着的机会嘛！那么，最后一句了，这位先生。"

"我……"

K 的双手不知不觉已经举过了头顶。他的脑海里此时掠过了无数与张衡相处的画面,做过的事、说过的话,那些被复活的情节在回忆里拼拼凑凑,就像一部杂乱无章的电影,让人眼花缭乱,毫无头绪。他奋力地想找到些什么,可是每当记起些什么,又立刻被下一幕冲刷干净。他的双唇不停地哆嗦,半个字也说不出口。

"我!"

开口的是阿旭。

她走到K的跟前,紧紧地抓着K大衣的衣角,抬头看着那黑漆漆的枪口说道:"我是张衡的女儿,爸爸已经失踪很久了……我是通过他最后发的邮件找到这里的,他被PDO的人带走了。"

这一次,窗口里没有传来任何回应。

K急忙抓着阿旭的肩膀,将她推向自己身后。

"不,等等——"

"躲在我身后!"

"不,你看,门开了。"阿旭用力地拍了拍K的背,指了指缓缓打开的侧门。门闩滑动的摩擦声,如刀锋扎进了K的耳膜,让他本能地再次弓下腰,仿佛门环上那些遍布的锋利铁锈此刻全都灌进了他的耳膜。

等他再次直起身子时,看到敞开的大门口站着一个身穿白褂、戴着护目镜、佝偻着背的老人。老人认真地盯着阿旭看了好一会儿,然后才有些吃力地摘下护目镜,那双深深凹陷下去的眼眶里,是一对浑浊不堪的瞳孔。

"我见过你,在你10岁生日派对的时候。"老人咳嗽了一声,回忆了一会儿继续说道,"你爸爸在鸟根县 ① 给你准备了一场烟花秀。"

"不,不对。"阿旭摇了摇头,非常肯定地说道,"是鸟取县 ②。"

阿旭刚说完,窗口便传来一阵明媚的笑。只见黑色的枪管收了回去,窗户也向外完全推开,一个只穿着肉色的吊带内衣、金发碧眼的年轻女人将手搭在窗沿,

---

① 日本西南部的一个县,是日本古文化发源地之一。

② 同处于日本西南部,临近鸟根县。

玻璃边缘投射的霓虹光照在她白皙的脸上，把她的红唇衬托得格外香甜诱人。

"总算是说了句有用的话。"女人看着还在微微发抖的K，又笑了笑，"你是我见过来这里最怂——"

"黛安娜！"老人打断了女人的话，他侧过头瞪了一眼窗台，吼了一声。虽然声音非常沙哑，但依旧充斥着命令的气势，"去把大家都叫过来。"

等到阿旭和K在车间最里面那张锈迹斑斑的长桌边坐下，老人口中的"大家"也都围拢过来。在看到这张桌子时，K就已经完全确定，这群人一定和张衡认识，因为那桌上和张衡公寓里的书桌一样堆满了各式各样的文件，还放着五台几乎一模一样的、闪着蓝光的电脑，屏幕上显示着写满化学公式的文稿，上面有几个标红的图案，像是烧杯和量杯聚拢在一起。K总觉得，这样的画面从前某个时刻一定在张衡的房间里见到过。

那个叫黛安娜的女人靠着桌旁的一根立柱，如果说上半身的吊带内衣已经足够惹火，而那双被网眼丝袜包裹的白皙大腿，简直就是门口那幅掉色涂鸦的复刻。她带着魅人的笑看着K，把刚才那支差点儿派上用场的枪放到一边，点上一支烟指了指坐在K对面的老头，"这位是今井博士，你们见过了，他是张衡在东京大学医学部的老师，也是PDO的资深制剂顾问。"

随后，她又侧过身，用烟头指向离K不到两米远，对着电脑不停忙碌的另一个男人，"他是克里斯，以前在首尔PDO中心的网络安全部工作。"

"至于他，是沙棘。"黛安娜笑了笑，目光瞥向离众人较远，站在一条废弃的流水线旁，一身魁梧的光头男人。他穿着一件脏兮兮的背心和非常紧身的牛仔裤，看起来和那些漫画里常出现的亚洲功夫明星很像。粗壮的手臂，结实的拳头，像是随时都能要了谁的命。"他也是刚才那把枪真正的主人，PDO曼谷货运部，主要负责PDO制剂的原料运输。"

"PDO制剂的原料？"K条件反射般地哆嗦了一下，战战兢兢地问道，"你们……你们到底在做什么？"

"这个,我们得先知道,张衡到底告诉了你们多少?"名叫今井的老人有些疑惑地看着 K 和阿旭,"你们能找到这里,却什么也不知道吗?"

"只是因为这里是接收地址,除此之外,爸爸几乎什么也没跟我说。"阿旭非常认真地点了点头。她自从进来后,目光就几乎没离开过这个叫作今井的老人。K 猜想,她应该是真的在什么地方见过这个老人,比如在日本的那个什么县。至少,这一趟肯定没有白来。"至于李先生……他只是爸爸在那栋公寓楼里的邻居。"

"我们每个人都有自己的分工,约定试验完成后在这里碰头,他上周就应该来这里和我们碰面的。"今井看着阿旭,神色格外忧愁,几丝难得的血色全都凝聚在他干瘪的唇上,"也不知道是出了什么岔子,会被 PDO 的人盯上。"

"我们一直担心,他的失踪会不会和 PDO 有关。你俩来了,至少证实了我们的猜想。"沙棘一边说,一边摆弄着手里的机器零件,那个由几节钢管组合成的环扣,看起来原本是这个流水线的某条轴带,"真是怕什么来什么。"

"克里斯已经在想办法黑进 PDO 的内网了——"黛安娜正准备说下去,却被一声突然的大喊打断了。

"搞定!执行中心安保部,上周的逮捕档案。"

那个叫作克里斯的男人看起来还不到 20 岁,从 K 和阿旭进来开始,他就一直坐在那台电脑前对着键盘敲个不停。直到刚才,他站了起来,双手向上高举,脸上挂着得意而自豪的笑容。

"你的动作倒是挺快。"黛安娜笑了笑,不急不慢地走到克里斯的电脑前,看着荧幕中间被调取出的档案。不一会儿,她和克里斯面面相觑,不知为何,又同时看向了 K。

"怎……怎么了?"K 被两人注视了几秒后,有些不安地问道。一直坐在 K 身旁的阿旭似乎也觉察到了不对,她径直朝克里斯走去,俯身盯着荧幕。被破解的文件中还留存着冗余的乱码,把真正的内容分割成一段段错落的文字。

"PDO 安保存档……调查记录……上面说,一个 PDO 执行中心的催促员,在同楼层执行申请者法定寿命到期催促工作时,意外发现目标人物……安保部连夜下达了拘捕通知,于次日……"

"虽然档案上的人物文本无法解码,但和这个李K看到抓捕的时间是吻合的。"克里斯转过身,对着今井点了点头,"张博士应该就是被PDO的人带走了。"

"所以,"黛安娜冷笑了一声,"同楼层需要被催促的人,究竟是谁呢?"

有那么一瞬间,K的脑子里几乎一片空白,他想不起任何之前的事,所有的画面都停在了公寓门上的那个猫眼里,张衡被带走的那个瞬间。他的喊叫,他的挣扎,那一幕所有的细节就像是铭刻在自己的脑海里,而前后发生的一切却仿佛从记忆里被抽离,怎么也回忆不起来。

"那个催促员是来找你的。"阿旭抬起头,看着一脸错愕的K说道,"你说过,你从来不给那些人开门,只会让他们滚。"

"不,不是的……"

"那个催促员,应该就和我昨天来找你时一样,敲不开你的门,就去敲了爸爸的门。"阿旭的眼眶,开始泛起一抹淡淡的血红,"他应该根本没想过那时候会有PDO的人找上门……所以,他猜测自己可能被认出来了,才会急着想离开。"

"你是说,他来和我道别……"K很想从座位上直立站起,可浑身上下却止不住地颤抖,原本空洞的脑袋,像是顷刻间被滔天的洪水淹没。关于那一天的真相,被肢解成无数支离破碎的画面,在他的脑海里疯狂搅动着,"是因为我……"

"而你,看着他被带走,却因为害怕惹上PDO的人,不敢开门。"

"我——"K正想解释,身体却被人从后面整个拎了起来,大衣勒住他的肩膀,野蛮地拉扯着他的每一寸骨骼。

"你们这些新贵,从来不干人事!"沙棘用另一只手把K的脸掰向自己,他看着K,犹如一头死盯着猎物不放的恶狼,"你知不知道我们这帮人住在这种破地方,就是为了救你们这些人的狗命!"

"放开他,沙棘!"黛安娜看着几近发狂的沙棘,仿佛下一秒,他就要将眼前的

K生吞活剥，"他现在已经到二期了，再这样他会死的！"

"他本来就是个死人，我现在杀了他，属于协助执法，PDO的人还要来谢谢我！"沙棘紧紧地掐着K的脖子，力道丝毫没有减弱，"你为什么不去死？为什么不去执行中心等死？你这个孬种，只想着多活几天的孬种！"

"停下，沙棘！"一直没有开口的今井从座位上站了起来，依旧是刚才在门口命令黛安娜的口气，"他或许可以帮到我们！"

"帮个屁，还是我帮他送终吧！"

"放手！"今井一边说，一边右手握拳锤向桌面，再次大声地喊道，"我叫你放手！"

沙棘看着拼尽全力喊出那声的今井，迟疑了几秒钟，这才松开攥紧K喉咙的手，直接将他抛在地上。

"操！"他咬了咬牙，挥起拳头，用尽全力朝着一旁满是灰尘的立柱砸过去，原本松动的墙皮和积蓄的灰尘在那记重击后纷纷剥落，剧烈的震颤声在整个厂房大厅回响着，犹如某种机器引擎的轰鸣。

"你他妈就知道拿墙出气！"黛安娜立刻走上前，扶起重重摔在地上的K。

"还好是墙。"克里斯也从电脑前站起来，有些慵懒地伸了个懒腰，似乎早就对眼前的景象司空见惯，对于沙棘这样的人来说，力气到了拳头上，那就必须得有个出处，"如果刚才的力道用在这个人身上，那现在铺满一地的就不是灰尘了。"

K在黛安娜的搀扶下，勉强翻了个身。他的整根脖子被掐得通红，喉结剧烈地跳动着，带动着全身开始不可抑制地颤抖，仿佛一块即将裂成碎片的玻璃，从腹部到胸口，到头皮，撕裂般的痛苦跟随着身体的颤抖四处扩散。他能感觉到自己的眼睛被什么东西照射着。刺眼的光，先是左边，再是右边，胸口、靠近心脏的地方，都被什么东西用力地按压，和心跳的节奏一样，怦怦，怦怦。

"他怎么样？"是阿旭的声音。她小心地抬起K的一只手，似乎在仔细检查各处的关节，"他不会有事吧？"

"暂时应该没事。"黛安娜松开按压在K胸前的手，点了点头，"制剂的作用暂时还没有渗透到骨骼，如果到了反应三期，骨骼全面钙化后再承受这种撞击，那就彻底完蛋了。"

"李先生。"今井蹲在K的面前，经过刚才的大喊，他的声音也带着轻微的喘息，"李先生，我知道那不是你的错，因为想活下去而做的事……这不是你的错。"

"张衡的实验已经到了最后一步，我们只是太过着急。"他深吸了一口气，看着K勉强半睁的眼睛，"但如果可以，或许你真的可以帮助到我们……"

"你是说，在这个人身上？"黛安娜预感到了什么，急忙问道，"博士，这种事，可不是开玩笑的！"

"只要实验结果可以尽快公之于众，PDO就不得不承认制剂抗体的存在，他们迫于压力，一定会释放张衡。"

"但我们还没有找到合适的人员，这个人会成为全世界的焦点，他必须要接受专业的训练，我们还得给他安排身份——"

"他说了，他是张衡的朋友，这不就是最好的身份吗？"

"可是——"

"没有时间了，黛安娜。"今井看着似乎渐渐恢复意识的K，坚定地说，"李先生，我们需要你和我们一起，拯救你的朋友张衡。"

K颤抖着睁开眼，视野中从斑驳的光点逐渐变成明晰的画面，高处投射而来的白炽灯光把眼前的今井镀上了一层耀眼的亮银色。这个日本老人的眼里带着一种K不曾见过的悲伤，那是似乎只有足够年迈，才能孕育出的悲伤。

"你们要我怎么做？"

"我们要你活下去。"黛安娜看着苏醒过来的K，有些无奈地摇了摇头，"而且是，一直活下去。"

: 所以到时候，不管我做什么，都不能再活下去吗？

：是的,李先生。

：没有例外吗? 比如,我拯救了全世界之类的?

：没有例外,在法定寿命结束前死亡,是您应尽的义务。

：好吧,那就快点吧,不是还有第三部分吗?

：这部分主要是除开被剥夺的权利以及需要恪守的义务之外,其他您需要留意的事项。首先,PDO 申请具有基因共融性,也就是说,它会被写入您的基因账户,和您的资产、学历、犯罪记录一样,成为您所属信息的一部分。只要您的一滴血、一根头发,获得授权的部门就可以调取全部这些信息,我们保留调取的权利,但请您相信,PDO 执行中心绝对会合理合法地运用这项权利。

：除了相信你们,我难道还有别的办法吗?

：同意本次申请,就视为您授权我们调取您这部分的基因数据。当然,这也是为了保护您的安全,我们会严格遵照决议中的相关条款严密监管和保护您的合法权益。同时,我们也对这部分数据进行了非常复杂的加密操作,这部分数据的调取和更改需要非常专业的数据替换,或是多项由您亲自操作的授权,别人是很难打您的主意的。

：呵,真的会有人打我的主意吗?

K 看着那根慢慢地扎进自己血管里的针孔,整个手臂都不由得紧张了起来,鲜亮浓稠的血液流回针管连接的塑料滴管里,又被有些泛黄的药剂冲刷回暗红色的血管里。他似乎能感觉到肌肤之下压力的变化,一种久违的痛感在这样的起伏偾张下一点点形成。

"会是什么感觉?" K 抬起头,看着正在他面前忙碌的黛安娜。她正小心翼翼地拿着另一支较小的注射器,将一小瓶白色粉末冲兑进烧杯中淡蓝色的液体里。

"感觉?" 黛安娜愣了一下,停下了手里的活儿,"什么感觉?"

"你……好像被我吓到了。"

"啊,可能是很久没人在这种时候和我说话了吧。"黛安娜笑了笑,转过身看着明显有些紧张的K,"现在想想,以前在申请中心,那些人注射制剂前也老爱问这个。"

"这么说,你以前也在PDO工作?"

"执行中心,注射室,就是负责给申请者注射制剂。"黛安娜一边说,一边将调好的液体注入K面前的滴瓶,"不过那里的设备更好一些,如果你加80美元,还有附赠的镇定香熏和软饮。"

"对,没错!"K似乎回忆起了自己20多年前注射时的场景,兴奋地点点头,"他们反复问了我好几遍需不需要疗养套餐,可以等我的补偿款到账后从里面扣。真是恶心,我连命都给他们了,他们还想着从我这里赚钱。"

"老子从这里拿命换的钱,一毛都不可能还回去!"

K努力模仿着当年蛮横的口气,把这句话又重复了一遍。

"看来你还真是恨PDO恨到了骨子里。"黛安娜看着突然"意气风发"的K,不由得笑出声来,"好吧,既然你不在意那些就好,我还担心这个操作间太过简陋,会吓到你。"

黛安娜口中的操作间,布置在厂房的最里面。中间是一张皮质陈旧发硬的手术床,一旁的操作台上堆满了各式各样的针管,注射器和似乎曾经粘在什么地方的医用胶带;更远一些的地方,堆放着很多K完全没有见过的设备,看起来像是机械人类手臂或者拆分的肢体;K背后的那面墙则被大大小小的纸箱堆满,向外翻折的纸板上,几乎都落上了一片细密的灰。

"你们都是PDO的人,为什么要做这样的事?"

"你是指研发抗体、对抗PDO吗?"黛安娜停顿了一下,走到堆放好的器械旁,点上了一支烟。

依稀有几缕落日的余晖从厂房外面投射进来,太阳最后的温热将她浓艳的红唇镀上了一抹别样的金黄,那样的红,K总觉得在什么地方见过。

"我在 PDO 的时候,不仅负责给申请者注射制剂,还负责安乐死,总之,就是往别人体内注射毒药。一年下来,死在我手上的人,即使是这个世界上最恐怖的连环杀人犯都会甘拜下风吧。可那就是我的工作,我的工作就是杀人。

"这是合法的,PDO 赋予了我这个权利。"黛安娜呼出一口气,从嘴里涌出的烟雾在她的红唇上慢慢化开,"但是,谁他妈想要这个权利? 谁他妈想每天上班都是去了结别人的性命,一针一针,还要带着笑意、殷勤和十足的专业态度? 换作是你的话,你会想要这份工作吗,李先生?"

K 看着黛安娜,没有说话,他根本不知道怎么回答这个问题。工作,他从未有过工作,他在赌场靠着给催债公司的人当打手活到了成年,然后就去申请了 PDO,这句话在某种程度上已经概括了他的一生。除此之外,没有任何多余的情节,甚至都没有像样的回忆,足够他像黛安娜一样站在残阳里,抽着烟,说给某个人听。

"最可恨的是,PDO 不允许参与执行环节的员工离职,如果离开了,也不可能再找到新的工作。一想到这辈子都要这样,我就无法控制地开始恨这份工作,恨那个地方。李先生,申请中心那些人,那些对你说话一遍一遍地用上'您'、逼着你说出'确认'的人,他们是在要你的命,你知道吗? 他们在合法地杀死你。"

"所以你们才想研发抗体……"

"那是今井和张衡的工作。"黛安娜掐着烟蒂,吐出了最后一口浓浓的白雾,"可能他们受到的折磨更深,毕竟他们都是 PDO 最核心的——"

"药剂师,高级别顾问,对吧? 我……我在张衡的工牌上看到了。"

"或许他的愧疚真的很深吧。当时我们分头行动,按原计划他应该跟着沙棘一起去马尼拉,制剂的原料产地之一,那里更隐秘,做实验也更方便,但他却说想搬到你们集中居住的地方去,和你们待在一起。我当时觉得很危险,提出了反对,现在想想,或许在那种每天都有人离开的地方继续实验,他会更加明白时间的紧迫。"黛安娜掐灭了烟头,回到 K 的身旁,"我猜,他应该对你很好吧?"

"他……"K 想了想,点了点头,"他几乎是我人生中唯一的朋友,我没想到在临死前可以遇到他。"

"你的人生还很长。"黛安娜拍了拍K的肩膀，K能感觉到她手掌的温热，隔着单薄的衣料传递进他的肌肤、血肉和骨骼，就像是某种满含能量的辐射。"你不仅能活下去，还能拯救很多像你一样的人。你能终结一个时代，李先生，一个人命居然被待价而沽的时代。"

K正想着要说些什么，操作室的门就被用力推开了。

"怎么样，我们的大英雄准备好了吗？"克里斯手里捧着一个屏幕上堆满代码的电脑，快步走进来。他看了一眼躺在手术床上的K，咧着嘴笑了笑，"你就要满血复活了，朋友。"

"这样就可以？"K正准备抬头看着克里斯，却发现他已经绕到手术床的后面，坐在那堆纸箱上，对着电脑继续忙碌起来。噼里啪啦的键盘敲击声让这间原本气氛有些沉闷的操作间瞬间活络了起来，"我已经在注射抗体了吗？"

"这些只是基础的镇定药物，是为了加快抗体的吸收。在正式注射抗体前，还有一个必须进行的步骤。"黛安娜摇了摇头，指了指正在忙碌的克里斯，"你应该知道，PDO是基因共融性的制剂。"

"嗯，"K点了点头，"申请的时候，那个人有提到过，说是为了我的安全着想。"

"没错，我们所有人的基因账户从出生开始就被政府统一记录、分配监控和管理，它记录我们所有的信息，也排斥所有不属于我们的信息。"黛安娜笑了笑，指着那瓶顺着滴管不断流入K体内的液体，"这个东西就属于会被你的基因排斥的东西，抗体可以在实验环境成功抑制PDO制剂里的有效成分，但是在你的身体里，因为制剂带有你的基因属性，所以，我们必须先把抗体带有的参数写进你的基因账户里，让它也具备相同的基因共融性。"

"排斥……有效成分……基因属性……"K像个咿呀学语的孩子将刚才黛安娜说的话默读了一遍，但这样的思考似乎让他又开始头晕，几秒钟过后，他放弃继续消化这段话完整的含义，然后似懂非懂地点了点头，"所以要修改我的基因账户？"

"没错。"

"我记得……PDO 的人说过，那……"

"'需要非常专业的数据替换，或是多项由您亲自操作的授权'，是这句吗？"

"好像，是这样。"K 有些尴尬地点了点头。原来，他曾自作聪明问的那些问题，PDO 都已经写好了最标准的答案，"可是，这谁能做到？"

"数据替换——"黛安娜指了指坐在后面摩拳擦掌的克里斯，然后又指了指一脸茫然的 K，"亲自授权，齐了。"

"我要怎么授权？"

"还记得，那个帮你做申请确认的人是怎么让你授权的吗？"黛安娜笑了笑，提了提嗓子说道，"如果您确认开始执行此项申请李 K 先生，请用不低于 60 分贝的声音回答'确认'。"

"真的……一模一样。"K 看着黛安娜，不可思议地点了点头，"原来，那些人说过的话，都是设计好的。"

"不管是 PDO 的客户经理，还是红灯区的妓女，大部分的工作到了最后，都只是不断重复。"黛安娜捏起滴管最接近针管的一小截，那里流淌着刚才她调制好的药剂的最后一段，它们均匀而缓缓地抵达滴管的末梢，挤进狭小的针管，然后进入 K 的身体，转瞬失去痕迹，"就是这样了。"

"什……什么？"

黛安娜的脸上褪去了刚才的温存和性感，眼神变得格外专注，她看着 K，一字一句地说道："接下来你可能会觉得有些头晕，或者昏沉，这是非常正常的现象，请务必保持清醒，克里斯还需要你的声音来辅助他更新你的基因账户。"

"好，好的。"

"克里斯会进入你的基因账户，植入抗体的序列，这期间需要你授权的部分，你都必须回答'确认'，明白吗？"

"明白……"

"害怕是正常的，因为你没有受过训练。李先生，一旦抗体进入人体、融入人类的基因，PDO 就能立刻检测到异常，你很快就会面临追捕、盘问，甚至拘禁……我不知道这些你能不能应付。"

"最坏的结果就是死，不是吗？" K 听完，无所谓地笑了笑，"这对一个新贵来说，完全可以接受吧？ 如果可以因为这个死，也比在执行中心安乐死有意义。"

黛安娜没有回答，而是沉默地低下头，又过了一会儿才看着 K 的眼睛问道："能感觉到什么吗？"

"嗯，有些晕，觉得身体很轻，但是是很舒服的那种……"

"好的，保持清醒。记住刚才我说的话，你能终结一个时代，李先生。尽管你和我们最初商定的最佳人选天差地别，但现在也只有你了——你，会成为我们的英雄。"

"英雄……"

"对，我们需要一个英雄。你可以做到吗，李先生？"

"我……"药剂带来了那种如同身处云端般的舒适，让 K 突然感觉不到两个星期以来如影随形的疼痛。有那么一刻，他觉得自己就站在世界的中央，他如同造世的泰坦①一般在星海中漫步，随意拾起漂浮在海面的星球，聆听子民的呼唤，那声音灌入他的耳膜，如同一道妩媚又香甜的晚风。

"可以做到吗，李先生？"

K 点了点头，然后又再次点了点头。他能感觉到黛安娜的呼吸，感觉到克里斯键盘断续的敲击声，甚至感觉到尘埃飘浮在空气中缓缓移动，世界上的万事万物都在一一回应着他，这种前所未有的体验，让他感觉自己就像是……像是一个披戴鲜花与盔甲凯旋的英雄。

"如果您确认开始执行开放基因序列源数据提取，请用不低于 60 分贝的声音

---

① 希腊神话中曾统治世界的古老神族。

回答'确认'。"

"确认。"

"如果您确认开始执行基因代码复刻,请用不低于60分贝的声音回答'确认'。"

"确认。"

"如果您确认忽略基因账户异常提醒,请用不低于60分贝的声音回答'确认'。"

"确认!"

"如果您确认开始执行复刻载入,请用不低于60分贝的声音回答'确认'。"

"确认!"

"如果您确认忽略基因账户异常提醒,请用不低于60分贝的声音回答'确认'。"

"确认!

"我确认!

"确认! 我确认!!!

"确认!!!"

……确认,不停地确认,他觉得那声"确认"是他手里披荆斩棘的利剑,而自己就是那个手持利剑的英雄,他正在义无反顾地为了什么近在眼前的东西而战。

:那钱呢,钱是直接打到我的基因资产账户吗?

:我们会在您的基因资产账户里自动生成一个子账户,用以发放您的补偿款。

:再建一个账户?

:是的,因为每个人初始的基因资产账户是出生72小时后递交给中央银行的,一经生成终身绑定,公民个人所有的资产和负债都只能经由自己的基因资产账户流转。但是 PDO 制剂生效后，某种程度上会变更您的基因信息，所以，生成一个子账户会相对安全一些。这两个账户都可以代表您的身份，且在 PDO 决议的规定范围内，完全受您控制。

：你是说，钱不在基因资产账户里？

：子账户虽然没有基因资产账户的高严密性，但同样也是绝对安全的，补偿金一旦进入您的子账户后便会加载专属于您的 PDO 识别属性，每一分钱都能够在全世界所有交易网络中被辨认。

：这是为了什么？

：请您放心，这绝对是出于维护账户安全性的考虑。根据对早期 PDO 申请者的跟踪调查，他们的人际关系网络中存在较大的潜在犯罪风险，突然持有大量资金，可能会对申请者的人身安全构成威胁，而这样的识别措施可以打消很多犯罪分子的歹念。

：还能防止我把钱花到不该花的地方，不是吗？

：您可以这么理解。PDO 项目每年都会向外投放近 3 万亿美元的补偿款，世界银行要求我们必须对这些款项进行监管，以免被人用非法手段操控流入不正当的渠道。

：你看我像是会那种懂得非法手段的人吗？

：当然不，李先生。

"这就是，你说一定要带我来的地方？"阿旭看着 K，疑惑地问道，"我们不该来这儿的。"

他们坐在靠窗的位置，两人桌铺着复古的红白格纹桌布。两个小时前，在操作间醒来的 K 说自己无论如何都要来这家位于城中心的德国餐厅，而且必须带着阿旭一起。阿旭以为他真的有什么要紧的大事，可自从挤进这家拥挤不堪的餐厅后，K 就几乎没再开口，而是对着菜单一本正经地研究了起来。

"你没听今井博士说吗？抗体还有八小时才会发挥作用,这时候可不能出什么岔子,特别是不能被 PDO 的人找到……而且,你刚刚注射完抗体,应该好好休息才对,你现在还没有完全摆脱反应期。"

"黛安娜不是说了嘛,PDO 的人最快也要明天才会发现,她只是让你好好看着我,你现在,不就正在认认真真地看着我吗？"K 漫不经心地回答道,眼睛完全没从菜单上挪开,"而且,他们看起来可比我忙多了。"

"他们是在……准备营救爸爸的事情。"

K 并没有立刻回答,此刻他全部的注意力都停在了那本装帧华丽的菜单上,他就像离宝藏一步之遥的海盗,已经无暇顾及其他。最终,他的目光停在菜单中间的某一页上,他认真地阅读了一遍,然后兴奋地高高抬起手。

靠在吧台的侍应生朝阿旭和 K 点了点头,微笑着走过来。

"二位需要点什么？今日特供是搭配椒盐饼干的巴伐利亚白肠①。"

"这个,纽伦堡肠②配黑啤套餐。"K 拿起菜单,指了指上面那套被标记为"本月最佳"的组合,"给我来两份。"

"好的,先生。"侍应生点了点头,继续说道,"现在点这个套餐,每份都会附赠一张太空乐园巡展的门票,不过今天似乎是巡展的最后一天,二位如果不需要,我可以帮你们兑换成等额的——"

"当然要,就是为了这个来的!"K 合上了菜单,抬起头看着阿旭。头顶复古吊灯暖黄的灯火衬得他整张脸精神奕奕,"最后一天,当然不能错过。"

"你……"阿旭惊讶地看着 K,愣了好一会儿才继续说道,"你就是为了这个……"

"你爸爸不是答应要陪你去的吗？你该不会忘记了吧。"

"不,没忘……"阿旭不由得低下头,似乎不想让 K 看清她的脸。此时此刻她

---

① 德国香肠的代表品种之一,由剁碎的小牛肉和腌猪肉制作而成。
② 德国香肠的代表品种之一。

已经擦去了嘴角那抹不属于她的艳红，原本宽大的牛仔外套也换成了黛安娜给她的棒球夹克，那上面还有淡黄色的雏菊刺绣，看起来倒很像是阿旭会穿的衣服，"我只是很意外……你会记得这样的事。"

"不过没办法，太空乐园在恺撒区举办，我的账户不能在那里直接消费买到门票，所以只能……"K似乎非常得意自己能想到这个办法，拿起手边的柠檬水，有模有样地干了一整杯，"操，都打了抗体了，还是什么都感觉不到。"

"你说，味道？"

"是的。"

"或许，不会那么快发挥作用吧。"

"但是，感觉精神好了一些。"K想了一会儿，继续说道，"或许是之前过得太无聊了，现在终于找到了一些事情做，所以精神状态就不一样了！哈哈，哈哈哈哈哈！"

K突然放肆地大笑了几声。

"你怎么了？"

"我只是突然想到，这句话你爸爸老爱说，'因为找到了一些事情要做，所以人生就不一样了'，怪不得他总是一副兴致勃勃的样子，原来是在做那么伟大的事。"K放下手里的杯子，刚才喝下去的那些柠檬水，似乎达到了以前只有酒精才能制造出的效果，那种让人沉醉在某件事、某个人、某场回忆里的效果。

沉醉。没错，他突然有点明白黛安娜在窗台点烟时的那种情绪，或许就叫作沉醉，因为太多的回忆和太浓的情绪在脑海里泛滥、发酵，蒸腾出味道，酿造出故事。

"我和你爸爸的故事，你想听吗？"

阿旭看着眼前的K，点了点头。

"第一次见到他时，我醉倒在公寓楼下，他把我扶上楼。从那以后，每次我去外面喝酒，都会带上他，因为只要带着他，我第二天醒来的时候，百分之百是躺在公寓的床上。后来,我的法定寿命快到了,朋友一下子就全散了……"词句的抑扬,必要的顿挫,K深吸了一口气,像个经验老到的说书人一样娓娓道来,"其实这也没什么好大惊小怪的,新贵们都是这样,到了法定寿命,就只剩下苦熬这一件事,熬不住的,就去PDO执行中心打一针。其实我原本是决定一旦反应期症状发作,就去一死了之的,但是你爸爸……你爸爸一直在照顾我,给我买止痛药。症状发作才开始两天,我就几乎什么都吃不下了,只能喝酒和吃药。他每天都会来帮我把药分配好,把那些五颜六色的药丸在厨房的中岛上摆成一排。

"其实那些药,好像并没有什么用;或许有用,但也只有一小会儿,然后又是从骨头里蹦出来的连绵不绝的疼痛。症状发作的每一晚,他都会过来陪我喝酒聊天,都是我没有醉,他就先醉了,然后就开始疯狂地回忆你,述说你的样子、你想去的太空乐园,我听得都烦了,就记住了。"

"谢谢你,谢谢你记得。"

"光记住这个有什么用,得像你爸爸一样,能记住那些公式、能发明那些药来救人才有用。"K哈哈大笑起来,"其实我早就觉得,他不像个新贵,他总是说很忙,有很多的事情要做。我却总以为他这么说是因为怕死,还用酒瓶砸过他……我说,我的朋友,我就交了你一个朋友,我被你影响得也怕死了。"

"他是你的……"阿旭有些吃惊地看着K,"第一个朋友?"

"其实,他也算不上是个多好的朋友……经常消失,总是很忙,而且还爱讲一些大道理,但我从来没有过朋友,一个就已经很好了。"

"为……为什么?"

"因为新贵只能认识新贵,而一百个新贵,九十九个都和我一样。我问你,你会想和昨天把你推倒在门口的那个男人——我——做朋友吗? 我当了27年新贵,这27年的第一天,我以为我有钱了,我会好好地活下去,会交到很多朋友,会做一些自己喜欢做的事情……但那些事情,几乎还不到一年,我就全部做完了,想得到的东西、想去的地方、想睡的女人……剩下的26年,都只是重复第一年而已,不知道想要什么，就只是机械地重复。"

"你的脸色看起来非常不好……"

"你知道吗？我之前一直以为，你根本就是张衡幻想出来的，新贵怎么会有孩子呢？"

"不应该这样才对，你看起来似乎有些……"

"我带你爸爸去过那种地方……女的，男的，我都给他点了，谁知道他喜欢男的还是女的？"

"该死！黛安娜是不是哪里弄错了……"

"黛安娜说，我应该做个英雄。英雄，你知道吗？"

K完全陷入了一场盛大的回忆里。在他的面前，是一个精心布置、近乎还原了当时一切的舞台。他断断续续地读着旁白，牵引着舞台上的角色走过他经历的每一幕，他的眼里已经容不下真实世界发生的一切，服务生递来的铁盘、精心摆盘的烤肠和啤酒，他都视而不见，甚至……甚至连阿旭不停地呼唤也……

"K！那个在和门口的接待说话的，好像……好像是PDO的人！"

"K！她……她朝我们这边走过来了！"

"她真的在找我们，她一定是来找我们的！"

"K！K！你听到了吗？"

"她真的过来了！"

最后，是一整杯泼在脸上的啤酒唤醒了近乎脱离现实的K。冰镇过的酒液、喷洒的泡沫顺着他的脸颊滑落，洗净了方才那近乎凝滞的神色。

"我们必须马上离开！PDO的人来了！"阿旭从座位上站起来，她抓着啤酒杯的手仍悬在半空，不知是玻璃的冰凉，还是内心涌动的不安，让她的手指不停地发颤。

回过神的K先是愣了一会儿，然后便立刻扭过头，看向了自己身后。

拥挤的餐厅挤满了从城市各个地方汇聚来的顾客，但站着的却不多，这让K

很快锁定了一个离自己不足十米远的穿着红色皮衣的女人。这样的红色,让她在那些身着统一制服的侍应生中间显得格外显眼。她在各张客桌前游荡,有时还会上前询问,但又很快离开。

K回过身时,这个女人正好与为K服务的侍应生站在一起,她从那件鲜亮的大衣里掏出了什么东西,而那个侍应生看过之后,立刻看向了K的方向。

"就是他们。"

甚至不用听见,也知道侍应生说了什么。

"她怎么可能找到我们……"

"司机,或许是那个司机。"

"她朝我们走过来了。"

K捏紧了拳头,不知为何,有一种强烈的、炙热的东西,突然在他的胸腔里燃烧了起来。他感觉不到恐惧、紧张,以及一切他熟悉的感受,这把火把某些扎根在他身体里的情绪一焚而尽,取而代之的是一种从未有过的理智和清醒,一种勇敢的、无畏的、一往无前的东西。那个英雄,他正在义无反顾地为了什么近在眼前的东西而战。

K回过头,看着已经惊慌得浑身颤抖的阿旭。那一刻,他在阿旭的眼里,看到了那个东西,"别怕,不用怕。"

"我们怎么办?"

"就用你刚才的那招。"

"我……的那招?"

"抓住我的手,阿旭。"K一只手抓起桌前那杯还未动过的啤酒,另一只手紧紧地握住阿旭不停颤抖的手腕,"抓紧我。"

:三部分都结束了,接下来该打针了吧!

:抱歉,李先生。可能还需要耽误您一会儿,刚刚有一份补充报告送达了我这里，还有一件额外的事项需要和您确定一下。

：额外的事项？

：首先是您的家属意愿栏里，没有任何人的签字，家庭背景申报里也完全是空白。

：有问题吗？他们……他们都死了啊。

：是这样，我的同事在基因存量系统里找到了与您基因序列吻合程度较高的人，基本可以认定为您的直系亲属，如果有需要的话——

：没有这个需要。

：李先生，这说不定可以提升您的乐观寿命区间，如果您和您的亲属取得进一步的——

：我说了不用。我根本不想知道他们是谁，都是生了我却不愿意养我的浑蛋！

：我想您可能有些误会，李先生。我们调查到的您的直系亲属，两小时前在邻近的城市刚刚完成了基因登记，她应该……是一个女婴，这就是为什么这份报告会此刻才送来。

：女……女婴？

：她应该是您的女儿，李先生。

：我的女儿？

：是的，登记方只填写了母亲的姓名——伊德，您对这个姓氏有印象吗？

：伊德……她是赌场里的那个……

：李先生？

：什么？

：您有印象吗？

：没……没有，完全没有，我从来没有过女儿。

：好吧，既然这样，那我就确认维持您原来的审查结果。

"哈哈哈哈哈哈！你别骗我了，我当时被你抱在怀里从窗户摔了出去，我都能听见你骨头碎掉的声音。"阿旭一边笑，一边咬着吸管，吮吸着手里那瓶快要见底的银河汽水。作为太空乐园的特供饮料，这已经是她半小时内喝下的第三瓶了。透明的玻璃瓶身，湛蓝色的液体里漂浮着无数色彩斑斓的圆球，每一口下去，嘴里仿佛都在演绎一场宇宙大爆炸。

"没骗你，我现在还能抱着你跑上好几圈。"K跟着阿旭笑了几声，他手里也拿着一瓶同样的汽水，但几乎一口没喝，"就在这儿，要不要就在这儿试试。"

K指了指身旁一颗叫作格利泽581g^①的行星，略显灰暗的色泽让它在吸引观众这件事上完全输给了不远处足有二十米高、红得耀眼的火星。

"我能从这儿，把你扛到我们甩掉那个女人的地铁站。"

"你别逗了，刚刚从那群孩子里挤出来，你都累得在喘气。"

虽然已经接近凌晨，但太空乐园里依旧人头攒动。恺撒区慷慨地为这场声势浩大的巡展让出了四十亩的中心公园，一颗颗原本远在天边的星辰，如今全都出现在这片被装饰一新的土地上。瑰丽的星云、璀璨的星体全都飘荡在这片被恺撒区高楼大厦围拢的公园里，人们行走在这些大大小小的星体间，像是在宇宙花园里漫步的神明。

"你看，这上面写着——"阿旭指着格利泽581g旁边的展牌，饶有兴致地说道，"格利泽581g的发现者史蒂芬·沃特被问及这颗行星上是否真的有生命时说：'我不是生物学家，也没在电视上演过这个角色，但从生命的韧性与习性上来看，我认为它存在生命的概率是100%。'"

"你是说，这个星星上面也有人？"

"不是人，是生物。"阿旭转过头，看着凑过来的K，一本正经地说，"这是人类迄今为止发现的所有天体里，最有可能孕育出生命的行星之一。"

---

① 一颗系外行星，绕行位于天秤座的红矮星格利泽581，距离地球约20.5光年。

"它看起来……" K 把目光再次移回到格利泽 581g,将它上下打量了一番,不以为然地摇摇头,"很普通嘛,也不是很好看,我还是喜欢刚才那个……什么宿七。是我的话,我更愿意住在那上面,至少气派。"

"你说参宿七 ①,那颗蓝色的? "阿旭想了一会儿,似乎记起了刚才在猎户座展区 K 被那抹绚丽的蓝光迷得神魂颠倒的样子,再次大笑了几声,"那希望你家的空调制冷功能足够强,参宿七上面的温度得有几万摄氏度吧。"

"啊,是这样吗? " K 愣了一下,然后也跟着笑了起来,接着又叹了一口气,"果然没有学问的话,就只能看个表面,连危险不危险都分不清。"

阿旭转过头,看着 K,她咬着吸管的嘴唇抽动了一下,像是打了个冷战。

"你怎么了……" K 看着突然陷入沉默的阿旭,"不舒服? "

"没,没有。"阿旭像是才回过神来,急忙摇了摇头,"你分得清危险啊,刚才那么危险,你不是立刻反应过来,一杯啤酒泼了上去,然后抱着我跳窗了吗? "

"那……那都是年轻的时候学会的把戏,那些人赌输了逃跑都用这招。"

"我觉得那样很酷,真的。"阿旭抬起头,无比认真一字一句地说道,"比我见过的所有东西都酷。"

阿旭的话音落下,被格利泽 581g 暗淡的光笼罩的两人都不再开口,仿佛他们真的身处 20 光年外的遥远太空,漂浮在寂静无声的宇宙中。

K 伸出手搭在阿旭的头顶,她柔滑的发丝在 K 粗糙的指尖滑动着,仿佛在回应着这个男人的抚摸。K 从未做过这个动作,他也不知道为何此时此刻,他会不受控制地想这么做,但这一切就是发生了,在这颗行星"极有可能存在"的居民的见证下。

直到轻柔的抚摸,变成了施加了几分力气的拍打。

"小姐,你搞清楚,我可是花了 1300 美元弄到的票,结果你告诉我,这里的东西都没有我酷。"

---

① 一颗蓝超巨星,距离地球约 863 光年,光度为太阳的 55 000 倍,它是猎户座最亮的星。

"那好吧，那开普勒 –16b① 比你酷一点儿。"

"那是什么？"

"你看过《星球大战》吗？天行者的老家塔图因②。"

"天上有两颗太阳的那个？在哪儿？"

"就在前面。"

"前面是多远？"

"怎么，我们的大英雄跑不动了吗？"

接下来的几小时，阿旭和 K 的星际之旅便在这些著名的星体间展开。在搭成舞池的仙女座星云，阿旭的饮料被行人打翻了；在按颗数还原的英仙座流星雨里，K 和一个路人打了一架；他们和一万多人一起观看了有史以来最壮观的耀斑，太阳就在他们伸手可以够到的地方，散发着炙热夺目的光。

当他们在公园人工湖旁躺下，已经是凌晨三点多了，观光的游客几乎散尽。失去观众的群星们似乎也安静了下来，星光缓缓地流动，像是它们正在疲惫地呼吸着。唯有这片围绕着堤岸修建的草坪上还留有几簇人群，他们三三两两地躺在地上，等待着这场巡展最后的项目。

湖上的夜空，此刻正被一抹鲜艳的橙色晕染开。阿旭躺在 K 的身边，目不转睛地盯着头顶即将拉开的大幕。一艘孤独的飞船在一片深浅不一的赤橙里游荡，一个巨大的光环将夜空分割开来，飞船背后沉寂的宇宙发出沉闷的回响，不断变换的颜色也开始有了形状，一个硕大的、被光圈环绕的土黄色星球挂在天上，飞船悬浮在它的轨道之外，渺小得如同一粒尘埃。

"这是什么星？"

"土星。"

---

① 一颗系外行星，距离地球195.7光年，是一颗环双星行星，这意味着在这颗行星上可以看到两颗太阳。

② 《星球大战》中天行者家族的故乡行星。它被设定为一颗巨大的沙漠星球，属于星系外层空间（Outer Rim）的阿卡尼斯区域，是一颗围绕着一个双星系统运动的行星。

"这就是你说必须要看的……"

"《穿越土星环》。是《穿越土星环》的场景,他们选了很多著名的小说场景做成了展映片。"阿旭的眼睛紧紧地盯着那艘飞船,兴奋不已地喊道,"这和我看小说时脑子里想象的场景差不多!"

"所以,飞船里的那个人就是主角吗?"

"没错。他的飞船遭遇了意外,他一个人被弹射出舱,飘荡在土星环外。"

"啊,一个人……那样的话,挺孤单的。"K看着那艘慢慢地朝着土星环移动的飞船,在那个庞然大物面前,它是这样渺小。那艘飞船的孤单仿佛透过它规律闪烁的灯光,印在了K的心上。阿旭和K的目光就这样跟随着它前行,弧形的土星环变得越来越近,那些密密麻麻排布的碎块颗粒,碰撞、分离、碎裂,冲刷着观众的视线。

阿旭一边用手对着夜空指引着K的视线,一边和他讲述小说的剧情。

"那个女的呢?"

"那个叫多丽丝。她其实也不算是女人,不过如果没有多丽丝,主角就不可能独自完成这趟旅程。"

"希望他们有好好地告别。"

"当然有。多丽丝还有一个父亲,他们道别的那一幕,非常感人。"

"那样的话,真好啊。"K缓慢地呼吸着,一种强烈的疲惫感从他的心脏开始朝外蔓延。不知不觉间,他松开了紧握着汽水瓶的手,好像已经没有太多力气做到这件事了,"这样的旅程啊,如果没有家人陪着还真是难熬……不过,也不算是难熬,我的一生好像就是这样熬过来的。"

"一直没有别人吗?"

"也不是……"K想了想,侧过脸看着阿旭,"其实,我好像还有个女儿。"

"女儿?"

"我申请PDO的时候才知道的……就算我那样不负责任地一走了之,那个女人还是把孩子生下来了。"K的嘴唇不由得抽动了几下,最后勉强挤出一丝淡淡的笑意,"现在想想,那大概是我这辈子最有可能和某人共度一生的时刻了。"

"你见到她了吗?"

"没有,找都没找过。不过,我现在……你说克里斯会不会有什么办法,可以把我现在剩下的钱转给她。PDO是明令禁止补偿金被继承的,但克里斯可以搞定PDO的系统……我想他应该会有什么办法。黛安娜说之后我就要被逮捕,然后被带去各种各样的地方,听证会、研讨会,甚至还要上新闻,也不知道还有没有机会恢复自由。我想……既然这样,不如先把钱都给她。"

"你想把钱给她?"

"我……我觉得……"K抬起头,重新看向头顶的夜空,主角的飞船已经驶向了地球的方向,华丽的土星环在它的身后一点点变得暗淡,仿佛在向这群认真守候的观众们谢幕,"如果她也想来看看这个的话,至少我可以给她买张票什么的。"

阿旭没有回答。剧幕落下后的草坪,一片漆黑。

"你让我想起了她。"

K侧过脸,看着阿旭,完全漆黑的夜色遮蔽了她的神情,唯有那双微微发亮的眼睛似乎在微微发颤,瞳孔里透出萤火般的光,像东方既白时两颗依依不舍的星。

"你说,明天会怎么样,他们会拷问我什么?"

"我……我……我不知道。"过了好一会儿,阿旭才回答道。

"这还是我第一次关心明天的事。"K用手抚摸着自己的胸口,怦怦,怦怦,心脏那样真切地跳动着,像是只为他而鸣的战鼓,"有什么事值得去做的感觉,原来是这样的。"

"对不起。"

阿旭的手搭在K的手上,心跳的节奏传递到她身上,变成了身体无法抑制的颤抖。什么比夜晚还要寒冷的东西,滴落在了两人的手背上。

"真的对不起。"

"什么？"

"对不起，让你经历这些……"

"你说什么呢？我今天享受到的快乐，可比我这辈子加起来都要多，就像……我好像就是为了今天才活着，我可是无比期待着即将经历的那些。"

"我想……我再也没法做这样的事了。"

强烈的疲惫感让 K 几乎无法睁开双眼，他感觉自己似乎就飘荡在浩瀚的土星环外，这个动人的太空故事走到了结尾，厚重而冰冷的夜色压在他的胸口，所有的星辰都在一瞬间失去了光彩。

：那么，您的申请已经全部确认完毕，可以执行了，李 K 先生。

：那个，等一下……

：什么？

：之后，马上就是注射了，对吗？这……这么快？

：是的，您之前不是一直嫌流程太慢了吗？您是否还有什么需要再次核对或者解答的，我这边都会配合您。

：所以，27 年，我就只能活 27 年了。

：是的，您的法定寿命还剩下 27 年。在法定寿命结束前死亡，是您应尽的义务。

：27 年……

：李先生，如果您对这个结果依旧不满意，您还有最后的机会选择终止本次申请，并获得 5 年的延迟，这是您的合法权利。

：我……不，不，我没有不满意……反正，像现在这样，活太久似乎也没有意义。

：李先生，我需要您认真地回答我，是否要终止本次申请？

：意义……至少这样还有可能活得更有意义。

:李先生？

:我确认申请，带我去吧！

"不！不可能的！" K 几乎是用尽全力喊出了这句话，"我的账户里至少……至少还有 30 万美元！"

"你给老子睁大眼睛看看，支付失败！"司机用一只手将 K 反扣在地上，另一只手端起屏幕，直接怼在 K 的脸上，"老子早就发现你不是个善茬儿！大早上从恺撒郊外打车到这种荒郊野岭，你他妈的今天要是不把钱付了，老子就在这儿把你埋了！"

"等等，你让我进去，那个工厂里有我的朋友，他们会帮我付的。" K 大口喘着气。自从早上在那个公园的巡展草坪上醒来，他的脑袋就没有一刻不在撕心裂肺地搅动，颅内的阵痛连带着身体的关节一起疼痛不已，仿佛他整个人正被绑在一台马力全开的切割机上。他拖着几乎散架的身体，四处寻找不见踪影的阿旭，可看来看去，偌大的公园里只有零星几个早早来拆除展品的工人。无奈之下，他只有叫车前往工厂，可显然……今天的司机并不像昨天那个软柿子一样好捏。

"你他妈的骗狗呢！泥垢区这种地方，早八百年就没人住了，还会有人？"

"真的！我是说真的！你相信我！"

"相信你才有鬼！看你这副德行，都不知道昨晚磕了多少药！你们这些新贵，真的把自己当拯救人类的圣人了？一群垃圾！老子现在把你宰了，才是为民除害。"司机说完，直接丢下手里的设备，抓住 K 的喉咙，将他死死地按在地上。

"放开他！"

一个女人的声音从工厂大门的方向传来，"放开他，现在！"

K 挣扎着抬起头，看向这个及时赶到的救星。他原本以为看到的会是阿旭，或者黛安娜，可那一抹明亮的红色，却让他更加恐惧。随着女人一步步靠近，她的脸也逐渐清晰了起来，是那个昨晚在餐厅被他泼了整杯啤酒的女人。

"放开他。"女人从红色皮衣的口袋里掏出了什么东西,给司机展示。司机只看了一眼,便立刻松开了按压着 K 的双手。

"操!"司机对着倒在地上的 K 骂了一声,"你他妈果然不是什么好鸟,连警察都惹上了。"

"你可以走了。"

"干,干你的!"司机朝着 K 旁边的地面吐了一口口水,这才愤愤不平地回到车里,"这车费就当是给你赞助的丧葬费吧,早点判刑,早点去死。"

K 从地上艰难地爬起来,还没完全站稳,便被汽车扬长而去的烟尘吞没,尘埃落进他的眼睛里,原本就模糊的视线彻底陷入一片灰茫之中。他下意识地朝后挪了几步,却猛地撞在了女人的身上。

K 惊慌失措地再次跌坐在地上,双腿麻木得几乎失去知觉。

"你不用逃,因为我没想过要抓你。"女人伸出一只手扶住 K 摇摇欲坠的上半身,"我昨天晚上也不是去抓你的,而是去抓那个女孩的。"

"阿……阿旭……"K 突然不知哪里来的蛮劲,用力地甩开了女人的手,"你们……你们把她怎么样了?你们应该抓的人是我!"

"我抓她,"女人停顿了一会儿,继续说道,"是因为她和她的团伙涉嫌非法盗取你名下 36.7 万美元的 PDO 补偿金。"

K 再次坐在厂房那张长桌旁时,原本堆满文件和电脑的桌上已经空无一物,周围有穿着制服的警员往来穿梭,抬着大小不一的箱子朝门口移动,最后出去的两个人,将 K 注射时躺的那张手术床艰难地从操作室里抬出来。他们看到坐在桌旁的 K 和女人时,其中一个人咧着嘴大笑了起来,"哟,曼迪姐,这就是昨晚请你喝啤酒的那个新贵啊?"

另外一位警官则鼓着腮帮子,模仿被水泼了一脸的样子。

叫作曼迪的女人并没有理会他们的调侃,只是挥了挥手,示意他们赶紧离开。直到那两人踉踉跄跄地消失在门外,这间偌大的厂房只剩下他们二人,她才深吸了一口气，看着呆坐在椅子上的K。他的脸上没有任何表情，眼睛浑浊得几乎无法辨认出瞳孔，如果不是胸口还有微弱的起伏，甚至无法辨别他是否还活着。

"你不是第一个受害者。他们涉嫌盗取的金额已经接近600万美元，全部都是针对PDO申请者的，被盗的也基本都是剩余的补偿款。里斯本、洛杉矶、大阪、香港……还有这里，打一枪，换一个地儿，我们已经追踪他们很长一段时间了。"

"所以都是……这样的吗？"K有气无力地问道。他的语气，让曼迪觉得眼前这个男人并不是真的在乎问题的答案，但她依旧非常认真地点了点头。

"以前，骗取补偿金的伎俩都很简单，大部分套路都是宣称可以做治愈PDO制剂的手术，什么更换脏器、冰冻身体之类的，想必你也都听过。后来，申请者也不是那么好骗了，就有了比较高级的办法，比如这帮人。通常都是先派一个人和申请者做朋友，无微不至，嘘寒问暖，还会在往来期间不停地讲起自己的亲人，通常是他的妻子。"

"妻子？"

"你应该见过那个女人的。她是通缉令上的常客了，之前是泥垢区某个毒贩的情妇，后来泥垢区遭遇塌方，她就跟着消失不见了，再次出现，就是在这个诈骗团伙里。通常在那个所谓的博士失踪后，她就会找上受害者，寻求帮助，打开房间、找到邮件的线索，诸如此类。很多受害者也供述，他们还和这个所谓的'朋友妻子'发生了性关系。"

"黛安娜……"

"当然，这不是她真实的名字。"

"可他经常提到的是……是阿旭。"K说到阿旭时，又重新抬起了头，看着曼迪，"那是他的女儿。"

"我们注意到了，这种情况确实是第一次出现。可能这次他们决定调整一下剧本的细节吧。你说的那个女孩，在其他受害者的描述里，通常扮演的是在所谓的基地门口开枪，以及注射环节上场的小护士。"

"阿旭……"K的脑海里突然出现了一抹鲜艳的红色,熟悉的红色,它慢慢地有了形状,变成了阿旭的嘴唇,又变成了黛安娜的嘴唇,那是一模一样的红色,"她们有……一样的红色。"

"他们的分工很明确,步骤也很明确——朋友最先出场与你上演患难情深;妻子穿针引线告诉你抗体的存在;打手负责刺激情绪,让你产生负罪感;护士则负责讲述温情的部分,让你相信PDO是邪恶的,从而产生使命感;那个黑客负责获取你的授权,实施真正的盗窃;而他们的头儿,就是那个老人,负责扮演代表正义和科学的博士。一样的剧本,一样的过程,八个小时之后,钱到手了,所有人凭空消失。"

"可是我是看着PDO的人把张衡带走的……"

"如果你看得再仔细一点,你就会发现,正是他们几个穿着PDO的制服在你的家门口大喊大叫。他们这么做,就是为了让你亲眼看见那一幕。"

"他们……他们就不怕我真的开门吗?"

"李先生,他们把新贵的心理研究得很透彻。"曼迪停顿了一下,深吸了一口气,"他们和你一样确定,那扇门不会被打开。"

"所以,这一切都是假的?"

"是的,朋友、抗体、营救计划都是骗局。大部分受害者会在注射抗体后维持几小时的兴奋意识,觉得自己似乎真的摆脱了病痛,其实……那不过是那个女孩改良过的毒品而已。不过这次,似乎是因为换了人导致注射过程操作不当,你体内的药物明显过量了,所以你昨晚……你的反应非常激烈,这对你的身体摧残很大,我想那个女孩应该也察觉到了。"

"你说,那些药都是阿旭……都是她做的……"

"是的。据我们了解,她在团队里负责制毒。那个女孩,其实算是这群人里唯一的科学家,对化学、天文、物理都很精通……据调查,似乎因为父母双亡,所以她小小年纪就误入歧途。"

"阿旭……父母双亡……"

"其实这个骗局破绽很多，所以他们一般会等到受害者到了反应期再下手，而且一般会选择反应二期。这时候，受害者的意识经历反应期各种病症的摧残后已经很脆弱了，但他们还具备行动能力，同时……他们对所谓的抗体，也最渴望，还有就是……"

"什……什么？"

"你应该也很享受被骗的过程吧，李先生？"曼迪看着K，那双黯淡的眼睛被一种她非常熟悉的空虚感包裹着。她已经不记得这是第几次像现在一样注视着那样的眼睛，"帮助朋友，获得新生，扳倒邪恶，拯救世界……这样的美梦一个接着一个，任凭谁也无法细究真假。"

K没有回答，他的头又沉沉地垂下。

曼迪似乎也习惯了这样的反应，她同样沉默了一会儿，又突然想起了什么，继续说道："不过，有一点倒是很奇怪，这一次，他们居然没有给你注射麻醉剂。"

"麻醉剂？"

"因为转移资产有八小时的撤回时限，他们为了防止意外，都会在给你注射完所谓的抗体后，找个理由再给你注射麻醉剂。这一次，不知道为什么，他们居然把你带到了城区。"

"是……是我提出的。是因为我说，想带阿旭去一个一定要带她去的地方。"

"一定要去的地方？"曼迪有些疑惑地看着K，更让她疑惑的是，K原本灰暗的眼眸里，竟然重新有了几丝微弱的光亮，"他们居然同意了？"

"他们都很反对，但是阿旭……阿旭说她想去看看。"

"这本来是个千载难逢的机会。如果你当时没有阻止我，说不定我们可以帮你挽回一些损失。"

"是吗？"K深吸了一口气，身体微微地颤抖着。他抬起手，抚摸自己的胸口，怦怦，怦怦，那样的节奏，令他原本漠然的神色有了一丝满足和安稳。他看着曼迪，露出一个勉强的笑意，"如果是那样的话，我可能会因此失去更多。"

"看来昨晚，你过得还不赖。"曼迪笑了笑，站起身来，"该告诉你的，我都告诉你了，我送你回去吧。原本想带你回警局进一步协助调查，但……你现在看起来，更需要休息。不过你至少提供了一条有用的线索，我会把他们人员分工的调整情况记录下来的。"

"那个……不用了。"

"什么？"

"那个女孩，她以后不会再扮演女儿的角色了。"

"为什么？"

"她亲口告诉我的。"K抬起头看着曼迪，那目光明明停在曼迪身上，却如同望着遥远星河般深邃。华丽的星环此时此刻就映在他的眼前，在那艘去往故乡的飞船身后，勾勒着一道优雅的弧线。

"她说，她再也没法做那样的事了。"

：你……你好？

：您好，请问是伊德小姐吗？

：你是？

：您好，伊德小姐。这里是太空乐园巡展客服中心。

：太空乐园，那个富人区的展览？

：是的，伊德小姐。我们已经收到您的预订信息，是两张VIP豪华套票，包含您所在城市的接送服务、夜间露营和全天候的场内自助餐，本次致电是想和您确认您以及您母亲的抵达时间，我们将为您提前安排好接送车辆和快速通行的证件。还有就是，因为您点映的《穿越土星环》夜空展片是包场的，所以我必须要提前和您确认——

：等等！等等！我预订了这个？

：是的。这边查询到您六小时前就全款预订了。

：可是，你们不是不让我们这些新贵买票的吗？

：伊德小姐，我们确实已经收到了署名为您的付费预订请求。如果您对这项预订有其他疑问的话，是否需要我为您办理退票或者——

：妈的，这是谁的恶作剧吗？那个……是谁，是谁付的钱，能查到吗？

：稍等，我帮您查询一下。

：别让我知道是酒吧的那帮畜生！

：您好，付费账号显示是……李K，李K先生。

：李K？谁是李K？妈！妈，你过来，你认识一个叫李K的吗？

：是的。不过，等等，请您稍等，可能存在一些问题，这个基因账号……三周前已经被注销了，这可能是系统故障。如果您对这项预订有其他疑问的话，是否需要我为您办理退票？伊德小姐，您还在吗，伊德小姐？

（责任编辑：汪　旭）